初夏的玫瑰

古丽蓉 ◎ 著
CHUXIA
DE MEIGUI

时代出版传媒股份有限公司
安徽文艺出版社

图书在版编目（ＣＩＰ）数据

初夏的玫瑰/古丽蓉著. —合肥：安徽文艺出版社，2021.1
ISBN 978-7-5396-7079-9

Ⅰ．①初… Ⅱ．①古… Ⅲ．①诗集－中国－当代 Ⅳ．①I227

中国版本图书馆 CIP 数据核字(2020)第 216999 号

出 版 人：段晓静
责任编辑：汪爱武　　　　　　　　　装帧设计：徐　睿

出版发行：时代出版传媒股份有限公司　www.press-mart.com
　　　　　安徽文艺出版社　　www.awpub.com
地　　址：合肥市翡翠路 1118 号　邮政编码：230071
营 销 部：(0551)63533889
印　　制：安徽新华印刷股份有限公司　(0551)65859551

开本：880×1230　1/32　印张：11.125　字数：200 千字
版次：2021 年 1 月第 1 版
印次：2021 年 1 月第 1 次印刷
定价：49.80 元(精装)

（如发现印装质量问题，影响阅读，请与出版社联系调换）

版权所有，侵权必究

目　录

生命是美丽的重复（代序）／〇〇一

第一辑
  初夏的玫瑰　〇〇三
  青春　〇〇五
  回音壁　〇〇七
  你在，或不在　〇〇九
  祝福飞鸢　〇一一
  有时寂寞实际是一场等候　〇一三
  星夜画前的穿越　〇一五
  魔书　〇一七
  一棵无花果树　〇一九
  等你回来　〇二一
  苹果雨阵　〇二三
  未来的目光　〇二五
  有些美丽只属于记忆　〇二七
  走向彼岸　〇二九

当秋风再度吹起　〇三一

占卜　〇三三

经过一片丛林　〇三五

江湖和远方　〇三七

紫薇花　〇三八

当命运和风从脸上吹过　〇四〇

选择一处净土　〇四二

带不走的叫作珍贵　〇四四

梦蝶飞翔　〇四六

一夜花开　〇四八

如果时光可以倒流　〇五〇

野马　〇五二

起舞的日子　〇五四

没有硝烟的战场　〇五六

时间之手　〇五九

无人的树林　〇六二

经过盛夏　〇六四

童话故事的结局　〇六六

最初的许愿　〇六八

沉淀　〇七〇

感动　〇七二

四月，一个下雨的早晨　〇七四

第二辑

想家的时候 〇七九

妈妈，请在那棵大树下等我 〇八一

你在，我不敢老去 〇八四

一千种可能 〇八七

因为爱，学会祈愿 〇八九

城市傍晚的灯光 〇九一

送行 〇九三

寻找幸福 〇九五

只要有几颗果实 〇九七

就让我在这儿沉醉 〇九九

春雪 一〇一

梦的颜色 一〇二

盒子里储藏的时光 一〇四

春天的新绿 一〇六

摇篮曲 一〇八

计划一场旅行 一一〇

回味 一一二

八月，与孩子们相遇 一一四

我只在夜里闭上关注的眼睛 一一六

每一片水面 一一八

露水滑落树叶的声音 一二〇

青春不回头 一二二

孩子，你是故事的主角　一二四
无风的月亮　一二七
在孤独的时候　一二九
推迟的道别　一三二
有些路程，只能自己独行　一三五
每一天都将成为过去　一三七
心口那扇窗户　一三九
我该怎样诉说这份世缘　一四一
第一片落叶　一四三
美丽的记忆　一四五
催眠曲　一四七
因为还有梦想　一四九
夜空下的城堡　一五一
Forever　一五三

第三辑

千年一瞬间　一五七
所有的过去都留下了痕迹　一五九
沉默也是一首歌　一六一
雪夜　一六三
天空放不下后悔　一六五
初恋　一六七
谁的背影　一七〇

看过所有风景　一七二

梦中情人　一七四

一首歌　一七六

勿忘我　一七八

七夕艳遇　一八〇

远方的寂静　一八二

断桥　一八四

月亮离地球最近的一天　一八六

同一片海　一八八

背叛　一九一

致意相通的灵魂　一九三

最好的时候　一九六

只为了，不再分离　一九八

我知道无法追寻你　二〇〇

美人　二〇三

不让爱情受伤　二〇五

错过　二〇七

爱　二〇八

那片土地　二一一

遥远的地方　二一三

至少　二一五

假如可以从头开始　二一八

防鲨网　二二一

爱的理由 二二三

惩罚 二二五

只为这一刻的美丽 二二七

界限 二二九

一字之重 二三一

平凡的爱情 二三三

我愿意 二三五

相约 二三七

走在回家的路上 二三八

在你的站口停留 二四〇

夕阳正好 二四二

等待风轻云淡的一天 二四四

第四辑

杰作 二四九

那些花儿 二五一

长发飘飘的年纪 二五三

岁月的衣裳 二五五

沉静 二五七

只有青春回不去 二五九

秋凉 二六一

沉默的声音 二六三

读树 二六五

你去过的地方　二六八
我看着这个世界慢慢旋转　二七〇
春天　二七二
沙尘之恋　二七五
记住你，记住我　二七七
行路人之情　二七九
人到中年　二八一
节奏　二八三
坐下来陪伴你　二八五
你的美人　二八七
在巨人中间　二八九
三个世界　二九一
那一片白色的雪花　二九三
感觉我一生都在等待　二九五
撤退　二九七
漫步秋天的树林　二九九
自会有天意等在每人终点　三〇一
过客　三〇四
我是这本打开的书　三〇六
回头　三〇八
寻找忘却　三一〇
梦　三一二
清华人，我们永远是朋友　三一五

无法凋零的花朵　三一八
感恩生活　三二〇
我们走过的地方　三二二
等待　三二五
我们是清华人　三二七
深沉　三三三
这个春天　三三五
那些飘落的花瓣　三三七
假如我走了　三三九
学会告别　三四一

后记　三四三

生命是美丽的重复（代序）

每一朵花，都有它的花季；每一个生命，都弥足珍贵，有它独具的美丽。在命运的特定时刻，它们绽放开来，庆祝和展示在这个世界的存在和经历。那时，无论多么高贵，无论多么卑微，无论是万众瞩目或者是无人察觉，它们都同样美得炫目，美得让人心动，美得足以让人讴歌不已。

春天和煦的风、新发的幼芽，夏夜不倦的蝉声、闪烁的星空，秋天遍野的红枫、一片一片飘落下来的树叶，冬天覆盖大地的白雪、冻结的冰河……四季循环往复，抬眼间常常有既新鲜又熟稔的景象牵动情思，而人间的冷暖沧桑、世事的纷繁无常、道路的跌宕起伏、心灵的季节变换，更常常在不经意间让人感触万千,让人驻足凝望生命,思考生命,记录生命。

  无论是欣喜,是愁苦,是希望,是领悟,是怀念,是梦想,一个认真生活的人从心底涌出的文字,既是个体的创造,更是天赋在这个世界散播的光芒。一代又一代人被命运选择,情不自禁地一遍又一遍写新奇又熟悉彼此莫名相通的诗句,就如同大地一年又一年百花盛开,每一朵花顽强又独立,美丽绝伦。

  没有人可以永生,但思想和文字可以,所以我们依然可以歌颂永恒:

> ……
> 我们和它们
> 原本从未消亡
> 我们只是随着太阳一起
> 循环着升起和落下
> 有些成为玫瑰,在初夏盛放
> 然后收起美丽
> 直到,下一个初夏
> ——《初夏的玫瑰》

第一辑

初夏的玫瑰

宛然从碧绿叶间
初夏玫瑰雍容开放出
造化独特的芬芳馥郁
去岁凋零时的感叹尚未拂尽
它们已气定神闲
在新一季的花期
一瓣一瓣精致展现所有
被歌颂被热爱被怀念的鲜妍

清晨雾里看花，恍惚间想起
梦境中最后一幅画面
我看见一个民国女子
隔着白色的河水
泛泛地望过来　嫣然而笑

仿佛对着我
仿佛对着自己

这个秋天
我想不必去听华亭鹤唳
寻踪觅迹或哀叹落花流水
我们和它们
原本从未消亡
我们只是随着太阳一起
循环着升起和落下
有些成为玫瑰,在初夏盛放
然后收起美丽
直到,下一个初夏

青春

如果这一朵花
可以开在昨日
如果那一段情
可以落在今天

你会是花的王子
在玫瑰园与我共舞
你会用情的至深
在绿草地伴我同眠

如果这一生一世
有两条溪流
如果那日月星辰
是你心的地方

你会在冷泉水畔
见我深情目光
你会在不老天地
将这唯一青春再现

回音壁

从每一声问候
带来会心的微笑
到每一次回眸
相遇处花团锦簇
我想
这是驻足小憩的地方
遥望前世几处阑珊
我唱清曲,只为伴古泉潺潺

从每一处跌宕
长出智慧的灵芝
到每一次闭目
恍惚间曾经沧海飘摇
我想

这是安静下来的时光
浏览今生几多遗憾
对酒当歌,只为听细雨潇潇

风来霜去依旧彷徨
回音壁前
我提着花篮
采集岁月反弹回来的声响

你在,或不在

你来,或不来
停下驻足,或一去不返
你在,或不在
关注聆听,或置若罔闻
我坐于垂柳的湖畔
我弹着与风共鸣的琴弦

你微笑,我开出一片花瓣
你无语,我坐在芙蓉青莲
你冷漠,我拥抱自己的心愿
你离去,我兀自香气弥漫

你爱,或不爱
深情款款,或江湖渐远

你在，或不在
一如既往，或无挂无牵
我走在梦的边缘
我唱着与水共存的怀念

祝福飞鸢

太多的流絮
纷扰扬洒南北东西

世界不过是一个巨大村庄
一道闪电划过
便有雷声四处轰响
我们仰望同一场流星雨
在同一个悬念上牵记不已

总有事物在想象之外
总有忧患在咫尺之内
总有动荡在蓄势酝酿
总有变迁在未料间隙

只能将祝福
默默折成飞鸢
愿它带你们安好
从悬崖险巅
着陆在静美平原大地

有时寂寞实际是一场等候

月色如洗　星空无边无际
你忽然说到从前一幕
我想起同样的夜色
朦胧的杉木
思绪有翅
不语瞬间已经轻如蝉翼
飞去追寻往昔旧路

那些老歌的旋律
载着时光扑朔来临
甜蜜的忧伤落叶般飘下
不绝如缕

知道何时勒马停蹄

有时比想象的
更难
只要一个回望，也许
就可以让一颗寂寞的心
弹跳起来，飞驰而去

有时寂寞实际是一场等候
等着躲过炎热
等着躲过羞涩
等着躲过别离
等着当有人一开口说起过去
清风便吹出荷池涟漪
海水便溅起浪花
打湿蓝天白云

那一刻所有年月不复存在
我们一头栽向一处圣地
叫作仿佛过去

星夜画前的穿越

我看见夜空宝蓝
群星菊花般明黄耀眼
一片安静中
麦田和村庄影影绰绰
在高高的柏树旁
有人以画为媒
凡·高和蒙娜丽莎于是
跨越时空在一处
相依而立

他瘦削中透着疲惫
她微笑中饱含神秘
七夕时分
在有着爱情的人手下

他们变成了情人

星夜画前我良久注视
直到薰衣草的气息
渗透眼帘

我必须在此刻穿越
撇下担忧
倘若我在星夜画前
枕着永浴爱河的音乐入睡
你和我
会否也成为情人
在梦中梧桐树下相会

魔书

只需用右手指在发光的封面
顺时针足足画一个圈
然后在圆心处轻轻叩弹，啪
芝麻开门了
无字天书顿时每页
印满缤纷的文字和彩图
魔界降临下来　荒漠变成绿洲

或者手指放于特定角度
旋转一周
在深色的背面
问诊般点敲
魔书于是变幻不同景物
有些是雾中远山迷离扑朔

有些是池面荷莲亭亭玉立

说起来谁又不是一本魔书呢
一片空白无从读起时
只因在掌下被连劈三回
丰富呈现只需被一双手识别
慢慢划过，然后
被那声轻轻叩弹击中

一棵无花果树

宽叶无言
依旧是伊甸园时的坚韧厚密
青果不语
尽管含蓄了整个季节的努力
一树浓郁馨香悠悠
芬芳在谁的菩提禅心
自古到今古井旁
只是被记忆成一份独特的安静

那些温柔
只是空谷里溪涧的声音
那些美丽
只活在我心中孕育过的花期

假如坐悟岁月可以惊动流年
我愿
用四百年我所有的郁绿葱茏
换取在你注目时
一次最娇艳的绚烂开放

一树，一生
可以只为
一花，一刻

等你回来

我该在哪一场梧桐细雨下
等你?
我该吹怎样一支绿野箫曲
你才回归?

只在和你一起时
才会有真正的托付
我付你一生
加上前世和未来三段情愫

所有的江湖不复存在
如果你如约而至
我们的约会叫作彼此属于
邂逅是必然相遇便一如初时

你是紫蝶
只栖在梦的边缘
倘若我瘦成黄花开在岁月之外
亲爱的,你可知
这一切,都是为了等你回来

苹果雨阵

这个夏天
一如过去
天气预报警告着瓢泼大雨
大小事件频频改变轨迹

被酷暑蒸发的空气
上升,与不明前景交相纠缠
一片失败,交替一片辉煌欣喜
厚重云层积聚起来
我静静地
静静地等待又一个雨季

那些离奇经历
雨时只会更加不羁

我看得见那场苹果雨阵
正一点一点成形
正一步一步靠近

四月里苹果花逢时盛开
天意罩着花蕾
美丽了一个季节
催生出一场梦幻
苹果雨阵在不觉中如期受孕
时间在不觉中变成等待变成希冀

等待苹果雨阵的降生
等待无数苹果如冰雹一般
砸在身上，砸在心上
五彩缤纷浩浩荡荡

砸下的都是因果
都是逃不出的你我的命运

未来的目光

穿过时间越过迷惘
在广袤的天上
哦,那些璀璨安静
我们未来的目光

你看过曾经的敦煌
化作一片荒漠苍茫
你俯视大地层峦叠嶂
人间万家灯火辉煌
你看过春天百花绽放
你看过冬天冷风寒霜
有些生命悄然离去
有些故事万古流芳

穿越生命超脱恒常
哦,未来的目光
我愿在你的注视下
知道怎样走向远方……

有些美丽只属于记忆

并不是所有故事都需要继续
许多存在带着时间的烙印
人们在成长的道路上渐行渐远
有些美丽只属于记忆

不必去哀叹岁月的侵袭
不必去细数流年的洗礼
有些结局最好是远远分离
你记住朝阳我记住晨曦

如果我们又在梦中相会
那就依偎着度过一段光阴
然后让梦长上青苔
珍藏在安静的心底

思维坠落在那儿水花四溅
有一处潭水映着你我青春的倒影

有些美丽只属于记忆
有些故事只流连在过去……

走向彼岸

必须有一个目标
去领略远古冰川呈现的
清冷深幽的蓝色光芒
去顺着松林间盘山小道
一路上行直到峰顶
俯瞰碧湖静水，看四周
紫色野花在灌木丛中开放

彼岸很近
只隔着一道不息的河流
我必须向它走去
就像尘土终要降落大地

必须用一个个盼望点缀星空

照得见马蹄疾奔不止
踏碎浪花飞溅
但明天有晨光鹤舞
在计划的旅途
于是夜色被等待的黎明
镀上欢喜的光泽

彼岸很远
被隔在层层神往天地之外
我必须阅完奇景
然后在陌上花开时
缓缓归去

当秋风再度吹起

当秋风再度吹起
树叶落下不知去向
那些别离远去的人们
他们的灵魂却时时
飘来造访
像是问候,又像是指引
在我独处徘徊的地方

穿透岁月的记忆
于是重新层层展开
那些过去的朋友
于是重新浮现回来

他们在聚会的熙熙攘攘中

开怀地喧闹
他们围坐在桌旁
无穷无尽地奇谈畅想
他们在空旷的楼道
漾起过对视后的微笑
他们在紧闭的门上
留下最后道别的哀伤
……

当秋风再度吹起
空气中不再弥漫花的芬芳
我会因为一片红叶
记起你的容颜相貌
有些日子
就是为了怀念
有些生命
就是为了爱情、感伤和歌唱

占卜

假若过失可以弥补
你说
你就不会有这份歉疚
你想好了如何赶上那些
预计的探视
如何陪伴在黑夜里
化解生命最后的无奈孤独

蛙鸣蝉噪
秋凉一步步迫近
看见夏天的背影渐行渐远
看见有人
在时光的裂缝中深深沦陷

假若过失可以弥补
我想会有一个宽阔的广场
人们从将来蜂拥而至
尝试着卸下心头的负疚感
一些欣慰的欢呼
一些谦恭的低头
然后一个声音循环往复
说这是一个好梦

天高云淡
秋风一阵阵吹起
看见冬天的面目时隐时现
看见断肠人
在皑皑白雪中惆怅无措

经过一片丛林

经过衰草
后面丛林裸露　一览无余
我曾经引颈探视
宽大绿叶遮掩住的溪流、鹿的领地
在冬天冷静的眼光下
毫无秘密

荒凉
但坦诚而真实
矜持中带着一份高贵
让人甚至无法心生怜悯

偶尔有鸟儿飞过
一声长鸣

让人想起春天，我知道
这里注定要花团锦簇
许多神秘的生命纷至沓来

就像我知道
一些忧郁低沉的荒凉时光
随着季节
注定会消融
许多欢喜正在灵魂深处等着萌发

江湖和远方

所有的江湖
变成曾经的道路

所有的远方
变成走过的地方

最广阔的江湖
是阅尽世事的眼眸

最遥远的地方
是自己安静的心房

紫薇花

源于故土的乔木
再识已在遥远的新大陆
抬眼间，窗台下
晨露、晚霞、转身处
每一处庭院每一处经过
遍布整个夏末秋初

白花无瑕，红花似火
紫花雍容，粉花娇柔
无所谓异地他乡
脚下是土壤
生命便一如既往
终究开放成辉煌的景象

紫薇花
如果有人问起哪里是家乡
你是否会说
家乡是挺拔树立
迎接四季循环
开着花风中含笑的地方

当命运和风从脸上吹过

到后来谈论人生时
命运已将我们和着泥浆
一遍遍揉搓　一遍遍涂抹
混着遭遇过的蹂躏或垂青
准确无误精确雕刻在
我们坦白的脸上
我们载着灵魂的身躯

卵石沙滩依旧是野旷云低
岩坡孤柏依旧是不变的风景
岁月变迁总有飞鸟和过客
一次次辗转前来面对永恒
驻足遥望然后匆匆离去
留下影像可以在梦醒时分

让过去和现在并肩一处
看往事怎样层层剥落
看知晓或不知的曾经拥有
怎样无声地随旧日星斗沉没

当命运和风从脸上吹过
如果觉悟的释然弥漫天空
那就让长发随意飘起
那就让心感恩地承受
如果劫难后还可捡拾到春秋
如果淡然到不再惋惜和追究
那就让沉静的微笑
在命运之手的抚摸下凝固
原来变与不变
一切都在心中
原来过去的所有
已经是命运最丰盛的礼物

选择一处净土

又一座庙宇
穿过诵经的人群
传来裂痕扩延的声音
彻底崩塌并不在预言里
只是澄明与神圣
就此远去
虔诚顿时失去意义

我想选择一处净土
一片林木
树上刻着永久
黑夜时人们的梦境
和白天的面孔一样纯洁
只有一个宗教

叫作诚信
人们共拥同一澄明品性
善良宽容

在乌托邦的国度
或彼岸夕阳的去处
我想终究会踏上
这片净土

带不走的叫作珍贵

就比如这飞腾直落的白色瀑布
就比如这些高耸入云的千年古木
或跨过茵茵绿草绚烂夏花后
那条清冽的山涧流水淙淙
我远远赶来膜拜,在凝望中
充满爱意被每一处风景折服
伸展记忆努力想拥抱所有神奇
包括那时的微风那时深邃的天空

在我是久久向往期盼遇见
在它们只是星辰不变的寻常如旧
带不走的叫作珍贵,就比如山水
就比如曾经的爱恋和誓言

就比如每一寸眼前的光阴，它们常在
而我们，不出所料终将走出它的照耀

梦蝶飞翔

把思想延展到假设上
你便可以飞翔
心中和灵魂里的美丽蝴蝶
它们的翅膀扑闪着令人癫狂

在田园里妩媚妖娆
醉迷游者穿过夜露晨珠
它们的斑斓是未来季节
琥珀记忆中飘逸而来的彩虹

前世无数次花开花落
来生一段段悲欢离合
梦蝶的飞翔
是别人的风景　自己的遗忘

安静时停立在秋季末端

没有展翅的蝴蝶

它的意愿超过假设

它的思绪

降落在死亡前的温暖时光

一夜花开

惊艳了我早起的时光
桃花
一夜后尽开在摇曳的风里
穿过冬天的问候
不早不晚
在向往你的这一刻
送来一片粉色嫣红
不要问那些寂寞的日子
那些去岁的飘落
那些入泥的碎瓣
那些贴着封条儿的沉默
这一个春天
你来了
我的世界便已美好丰富

给我纯洁
如同新生儿天真的明眸
鲜嫩温润
没有岁月蒙上的矜持锈蚀
给我明朗
如同风雨中一道瘦电闪过
即使坠落后无处可寻
至少以后可以无悔
我们来过
在阳光下开放过
我们曾经温煦拥抱
这一个春天

我期待的春天
许多辗转迷途
许多怅然别梦
一夜花开
原来它就在窗外
从来没有远游

如果时光可以倒流

如果时光可以倒流
我会在离别时放慢脚步
给你最美的微笑
感谢你所有的温柔
数着手里的每一分钟
告诉你我感恩相逢
一转身便已在海角天涯
再回头只看见人生匆匆

如果时光可以倒流
我想精心打制一叶扁舟
顺水而下在河中
看曾经所有的经过
和你相拥在每一处颠簸

告诉你我不惧担忧

在终点处也许你会醒悟

原来我们是彼此最好的礼物

如果时光可以倒流

如果时光可以倒流

野马

在江滩之处
在绿草之间
一半传说一半真实
一半淡水一半海水
野马野马
我在这狭长的岛屿
隔着咫尺的距离
踏过白沙和雨雾
和你再一次相见

在优雅之下
在徘徊之间
许多年代许多流离
许多奔波许多困险

野马野马
我在这神奇的海角
带着流浪者的同情和崇敬
穿过时间和路程
和你再一次相见

抬起你的双目
让我看见不羁和从容
野马
你可听见遥远的过去　你的先辈
那不可驯服的野性的呼唤
潇洒扬蹄
没有骑手可以驾驭　你一代代
自由而灵性
奔腾在荒岛在丛林在歌谣里
英雄一般无敌

起舞的日子

哪怕午夜的钟声已经敲响
你仍然可以起舞
在皎洁的秋月下
在散发果树香味神秘的花园

没有音乐,只有你
和你的想象共舞
你在自己的世界跳着
崇拜生命的颂歌
忠实的白尾鹿再次走来
悄无声息静静伫望
倘若你今日不曾起舞
对它,也许是一种辜负

哪怕日子平凡到只有蓝天
你仍然可以在太阳升起的早晨
听着林中鸟儿们的清脆声音
简单地因为它们而欢喜

流星雨的天空
蹉跎岁月的轨迹
读书时感动的眼泪
旅行时无数灵秀的山水
你在心中为每一个美丽相遇
写下诗句
于是，每一个日子
是独特而神圣的存在
哪怕只有回忆
也蕴满了值得起舞的意义

没有硝烟的战场

告诉我
哪里不是一处战场
从大国之君到平凡众生
从长空飞鹰到檐角蛛蝇
谁不在为一份生存
鞠躬尽瘁

有仇恨从屏幕到人心
呼啸不休
有友情在转身之际
酿成苦酒
无处不在无时不有
悲喜交织秋到冬绵延不尽
春风拂过

又在夏时光阴繁衍无穷

没有硝烟
战场横立于每个生灵眼前
一朵花，或者一棵巨树
一只麋鹿，或者
一位怀着最柔美情怀的女孩
只能如战士一般出征
有时，如战士一般倒在尘土

有爱情从远古到如今
耿耿在心
有慈善从贫瘠土地
长成丰腴
有芳华，在岁月里铭刻
兀自熠熠闪光
有不灭记载，牢记
溃不成军的撤退
或者一次喜极的歌泣

你来到这里
从头到尾迈过年岁
不过是长长一路
从一个战场转迁
到另一战场

时间之手

时间之手
可以将你从悲伤河岸
轻轻
推进遗忘山谷
陡峭的坡面
开满无名的花朵
秀丽峰峦隐现于缭绕云雾
天然一幅丹青水墨

无处避开
光阴流水不尽地冲涤
淡忘是时间的礼物
雨水和泪水
都落进泥土

春风又起漫野的青草
无声埋没踟蹰的脚步

时间之手
可以将你从爱恨天地
轻轻
推进清凉林木
经年的古树
投来冷静的注目
不朽阳光渗落下密匝枝叶
安然平和　恒常如初

无处躲开
光阴流水不尽的冲涤
淡忘是时间的礼物
深情或疾苦
都随风飘走
散落人间零星诗句
徒劳叙述曾经的执着

时间之手,时间之手
当你轻轻抚摸人们的额头
你已抹平多少颠簸
年华的皱纹,又能蕴存
多少岁月的起伏

无人的树林

没有关注的目光
或者充满探究的瞭望
可以改变树林里的生命

那片无人的树林
既安静又喧哗　一如往常
生长出一片茂密
任鸟语和蝉鸣穿越回荡
任梅花鹿带着它的孩子们
轻盈悠然　从容不迫
漫步在它们自己的家园

枯萎的老树横躺
没有人听到它倒下时的声响

雷电劈落的高枝斜挂
没有人看见那燃烧时的火光
当春风吹过万木复苏
新绿在每一处成长
那片无人的树林
带着所有的创伤聆听新的歌唱

夜幕降临时的夏天晚上
萤火飘游闪闪灭灭
过去现在将来纷纷来访
湮没的牺牲和崭新的理想
齐聚一处
在那片树林里默默对望

我看到生命，很脆弱也很坚强

经过盛夏

盛夏以一道道纵横闪电
划分出特定时段
没有任何其他季节
能这样肆无忌惮地颠覆变幻
雷霆暴雨倾盆而下
转眼中止唯见天际霞彩

七月是流火的诞辰
从山到山,从海到海
从节日的庆典到露天摇滚
太阳将灼热一一点燃

众人翘首的烟花
在墨色的晚空如期绽现

经过盛夏
必须经过如此绚烂如此奔放
就如同经过青春
必须热烈飞扬
当最后一粒烟火坠入红尘
才有白莲在绿水生长
然后静静开放

童话故事的结局

经典的故事
一代一代人口口相传
精灵、巨人、青蛙、渔夫
巫婆总是毒辣
灰姑娘与英俊王子
最终一定相拥爱恋
各种波折之中层层阻障之外
我们隐隐思忖,实际不必紧张
惊险只是过程

被愉快地欺骗着
在童话故事的经纬里
在好莱坞电影的奢华场景里
见证

佳人情海的小小波澜
无论多少种演绎
一遍遍湿透多少布襟
终将进入
我们期待又熟稔的结局

我们心甘情愿
沉浸在注定的美好中，哪怕
那是虚幻
哪怕它短暂如萤火之闪
明明灭灭

至少可以躲开同样注定
日渐褪色的平凡
童话故事的结局
是一个个最善良的陷阱
深陷其中忘我
也许胜过清醒而淡然
看着未来

最初的许愿

总会有不知名的忧伤或者喜悦
改变世界在我们眼中的容颜
风雨飘摇时灰色尘埃弥漫
如堕烟海在接连无边的黑夜
柳暗花明时玫瑰色朝霞绵延
风和日丽看莺歌燕舞的蓝天

我记得最初的许愿
无论何时无论何地
在漂泊的旅途在旋转的星空
在我们心中
保留一处一尘不染的不变

总会有不期然的挫折或者荣耀

改变潮汐在我们眼中的深浅
曾经沧桑后残存的半壁江山
斑驳陆离写满哭泣时的留言
收获季节金色的麦田深处
闻风起舞有欢歌在阳光下盘旋

我记得最初的许愿
无论何时无论何地
在冷彻的冬季在热烈的夏时
在我们心中
保留一个不会改变的永远

沉淀

等着思想沉淀下来
等着语句找到我藏身之处
安静的时刻闭目
清晰可见过去将来经络分明

只是仍旧不要看透
否则将一无所有
无论我们收容的流浪之心
我们布满寄托的殿宇
它们必须在挂着太阳的天空下
浸沐于温暖的光辉

世俗里每一种欢乐都严肃地
带着生命的气息

午后一杯咖啡的轻松时光
在一幅字画前感怀漫过河岸……
优雅或者粗糙,都是同样
在克利俄的车轮下尘土飞扬

尘埃落尽时
背靠星辰或面向大海
只有时间安静存在
看春暖花开

(注:写于海子三十周年祭日。)

感动

无名眼泪以流星雨的节奏
夺眶而出降临下来
我看见灵魂的羽片
正冉冉飘升去天国的路途

永远不知道在哪一个时刻
会被突至的碰撞击中
保留一颗柔软的心
只为这一次次纯净的感动

太多的尘埃沉淀在肩头
太多的悲剧此起彼伏
岁月夺走曾经鲜嫩的面孔
残存的坚强也带着冷漠

于是盼望白鸟飞回

在温暖的时光等待感动

在那珍贵的瞬间

我和过去的我们，再度相逢

四月,一个下雨的早晨

我伫立窗前
观望满眼绿色的自由
四月天空下
云和云相聚,雨和雨伴舞
只有人们被一个无形
囚禁在自己家中

听说
只要心里有一丝缝隙
阳光便会寻来渗透肺腑
于是让安静音乐水一样漫过
每一个音符问候般轻叩
探询和等候

知道雨天里
许多忧郁疯狂生长
所以春天，你必须在如此清新
如此碧澈纯粹的时光
迅速染尽树林枝柳
盖过千百条疑问和困惑

所有的新生都会被大地
在将来收回聚拢
而今天
我们是朋友
在四月里这个下雨的早晨
你们不悔
我也无怨无忧

第二辑

想家的时候

想家的时候

为一个金色字眼　家乡

便和人交上了朋友

听着乡音，笑出了眼泪

一起纵容无边的回忆

讲起童年的往事

讲起前辈的兴衰讲起自己

曾经流连的场景

在可以触碰到的亲切里

我们回到共同的过去

极目眺望

家在前方　如圣殿

指引着我的归宿

想象着所有的疲惫
在那儿都会卸除
想象着所有的亲人
在那儿都会团聚
想象着
家仿佛在咫尺之间
门窗依旧斜阳依旧……

然后听一声清澈的歌声飘来
有人唱从前的车、马、邮件
唱日色变得慢的往昔

我多年前寄发了自己
跋涉这千里万里
漂洋过海
却原来只为了
让慢慢变老的岁月载着我
慢慢地
回到起步时的故里

妈妈,请在那棵大树下等我

妈妈
你极目远望
你可看见在天的尽头
那棵葱郁繁茂的大树
你可记得
我们说好了要团聚在那儿
回到起始时生命的交融

在最明媚的阳光下
清风会从远古吹过枝头
那些树叶摇动时沙沙的声音
就像你对我说过的絮絮细语

你一针一线为我缝制的衣装

栗色木桌上飘香的家常菜肴
朴素而温馨生日时的祝福
不打扰我读书特意放轻的脚步

你对我桀骜不驯的宽容
你看我时从心底流出的温柔
你轻轻拍着抚慰我的夏夜
你牵着我的手走过的我的南方沃土
……

妈妈
请你放慢脚步,然后
请在那棵大树下等我
等着我掸尽脚上的红尘
等着我抚平胸口的伤痛
等着我写好对你深深的热爱
等着我准备好　成为你欢喜的理由

然后我会带着所有的回忆
找到你,我们一起

慢慢靠向那棵大树
我们一起在那儿
看永远不绝的晨霞落日……

每个春天
绿叶会重新生长出来
我们会在那棵树下，紧挨着
手握着手
如同在我小的时候

你在,我不敢老去
——给我敬爱的父亲

你在,我不敢老去
因为我的童年
仍然在你的眼中在你的心上
小时候
你是我伟岸的父亲
我仰望的方向
我躲避风寒的华厦
我抽芽生长绿意盎然处
脚下黑油油丰沃的土壤

你在,我不敢老去
因为我的道路
仍然在你的胸怀在你的畅想
多少年后

你是我慈祥的父亲
我眷恋的家乡
我温暖回忆的地方
我辛勤耕耘采摘收获时
脑海里甜蜜蜜生动的想象

爸爸
鹏程万里我记着你的希望
你在，我不敢老去
因为我知道
我必须挺拔　成为你前行看着的方向

爸爸
游子远行你是我时时的牵挂
你在，我就不会老去
在你的家里
我只能年轻　就像在那些过去的时光

就像那些过去的时光啊
爸爸，只要你在

我就有家

就可以回到过去　那些美好的时光

一千种可能

下辈子你可能是一条鱼
那我就变成那池清澈的水
任你曼妙地游弋
摔碎云影或者优雅栖息

那时候没有深刻的思绪
我们存在于彼此的朝夕
语言不再是一种必须
我可以看护你整整一世一纪

你可能在来世成为一只莺
那我就变成那片绿色的林
让你轻捷地穿梭
长满桑葚静候你的来去

可以听见你的歌已是最好的相遇
我们成熟在花季的盛期
永远未必是一种奢侈
我环拥陪伴在你所有的天地

如果有一千种可能
就让我变成一千种可能的邻居
只为了在你的身边
看得见你听得见你的呼吸
只为了与你相伴
共享那岁月如歌的美丽

因为爱，学会祈愿

我知道总有一天
你会走出我的视线
我知道时光荏苒
一切都在不停地改变
于是在多年以前
因为爱
我学会了祈愿
在静静的祝福里
看着你渐渐走向遥远

我知道走过遇见
人人都有不同的路线
我知道时光尽头
许多过去依然会重现

于是在多年以前
因为爱
我学会了祈愿
在静静的祝福里
想象着你就在眼前

狂风暴雨时祈愿你平安
冷霜冰雪夜祈愿你温暖
春暖花开处祈愿你幸福
秋华艳阳天祈愿你悠然

因为爱
我学会了祈愿
在永远的祝福里
伴一份真情　守护岁月斑斓

城市傍晚的灯光

我们去傍晚的城市
不熄灯光处逗留
夜色拉开帷幕
朋友和情侣们遍布街头
流浪艺人的萨克斯
混着丝丝缕缕佳肴香味
飘在楼与楼的空间

一座城市款款围出
平和享受
一个温馨怡人的夏末初秋

一边是生日祝福
一边是小聚叙旧

重逢的门旁有着道别的分手
淡淡轻斟处有欢喜或悲怨诉说
城市足够大
盛得下一个傍晚万千经过

不记得走过多少城
许多人、许多景
许多依稀相同
傍晚灯光照耀时如出一处
记住的是
来过，停下来驻留
酣畅快乐过
然后在月色下离开
带回一片光亮

送行

送行之后时间越来越匆匆
一转眼的工夫该是又一季丰收
去岁的谷场稻壳还未停止飘动
劲吹麦浪的风已从耳边呼啸而过

我在如洗月光下仰望星空
看千纸鹤影从眼前翩然飞过
载着每夜我最后一个祈祷
穿过云雾追随你在每一段路途

我无法放弃劳作和梦想
你远去的每一处拓展又一片关切
思想田野一望无际如同海洋
我驾行一叶轻舟开垦一垄金黄

当你在海边做片刻的停留
看见晨曦里白鸟在水上展翅而来
愿你知会我的祝福
我的爱,我无时不在注目
一株庄稼在日光下成熟

寻找幸福

说太多寻找时
必定是丢失得太多
所谓跋涉山水的追求
更多源于自身的迷惑

你看那一季季风准时吹过
你看那一树树花纵情怒放
你看那一片片叶绿上枝头
你看那一串串果等待秋歌

会有哪声迟到的叹息
可以潇洒面对
在触手可及的地方，幸福
微微含笑站成风中海棠

拾阶而上
便有杜鹃浓烈的迎望
慵懒漫步
便有风景醉人于街头巷口

想见鲜花,鲜花便在那儿开放
寻找幸福,幸福原本近在身旁

只要有几颗果实

只要有几颗果实
就可以支撑起我整个夏季
攀爬的新叶便有了意义
开过又谢落的黄花
便不会是徒劳的悲剧
就有欣喜随着果实
一点一点长大
挂在枝头
在每天盼望的目光里

只要有几句安慰
就可以搭建起一座城垒
梦中的飘零便有了去处
走过又被遗落的春天

便不再是无处可寻
就有暖意随着年华
一点一点渗透
有些疲倦
凉意渐渐丛生的心里

不需要麦浪滚滚的田地
不必有铁马金戈奔驰
有时
一些最小最小的收获
便可以绿了一个夏
一些最小最小的关切
便可以护住
一个人冰凉的双肩

就让我在这儿沉醉

无意间我碰响一根琴弦
从孩子们不再青睐的旧物堆中
一声熟悉的悠悠长音
在寂静中从额顶滑下心头
电击一样散开
直达惊止于半空的指尖
过去的日子在一瞬间
从春的北边冬的南边聚拢来
拥抱我，拥抱我莫名的磅礴泪眼
拥抱我珍爱不忘脑海里
如此生动的他们孩时印象
天已冷
爱意漫漫，厚厚裹过来
如同凉夜里一件温暖的睡袍

就让我在这儿沉醉
在他们曾经稚嫩无邪的天地
和他们儿时的玩具一起
静静回忆以往嬉闹的光阴
笑声还在,他们已奔赴四方
只是我不必离远
我是母亲会久久守在家里
山在一边水在一边
山水阅尽才知
月光下我曾经极目眺望
那个比远方还远的地方
我一路无悔的原因
是这里
是我和孩子们度过的欢乐时光

春雪

离开前倏忽一个转身
飞雪轻落不期而至
冬季裹着薄薄一层白衣
在粉红鹅黄间最后一次降临
说是恋春的亲吻
又像是一种意味深长的道别
清凉地挥挥手
然后消融于春的土地

它知道即将必然的离去
于是在樱花初放时分
酝酿出满天的不舍
撒下来,成为有心人的记忆

梦的颜色

桂子飘香的夜晚
梦该是绝尘的玉白色
我合起手掌可以拢住的
一抔清纯气息
慢慢弥漫整个梦境
白色的飞鸟展翅而过
白色的月华笼罩着天地
爱的目光温柔抚摸着
优美开放的生命

挥手道别寂寥处
梦该是忧郁的蓝色
浅唱低吟高山流水交汇点
梦该是青草的碧绿

杯觥交错聚会重逢后
梦该是玫瑰的酡颜
怀念青春回到繁盛年华
梦该被一山枫林染红浸透

蚕丛鸟道颠簸后休憩时
梦该是暖黄的色彩
如同我久游归来
远远瞥见家里溢出的光线
那种熟悉那份感动
我想记住，并且挂在所有梦中
暖暖地照在当头
暖暖地
慰藉一颗疲惫的游子之心

盒子里储藏的时光

想着把时光和珍爱物件一起
妥妥存放在橱架上盒子里
想着曾经的心动和愉悦
虔诚地祈祷和祝福
每次打开盒子便会迎来
牵我穿越旧时风光怡人天地

我一遍遍忘却
然后一遍遍被唤醒想起
一个没有烦忧
幸福美满女子的形象
如同在一幅油画,她的微笑
从嘴角漾出直到画框边缘

暴雨前总是闷热潮湿
蝉鸣搅拌着嘈杂和愁绪
满心倦怠百无聊赖
我打开盒子与过去面面相觑

不预想一些幸福时光
可以原地不动，成为佛眼
静望雨水和泪水
从将来无名出处，倾城滂沱
所有不悔
终于发现来路

春天的新绿

最喜爱这春天的新绿
呼啦啦一夜间
弥漫了眼际
鲜嫩生命明净如洗
自由萌发伸展着
绿了地,绿了天
绿了柔心在氤氲晨光
曼妙起舞翩翩

是翠玉般的一碧万顷
是不假雕琢的尽情
是新生儿般的纯洁
是不知畏惧所向披靡
绿得参差错落绿得妖娆万千

绿得淋漓绿得浓密

走进它的世界
只见它静湖般从容
波澜不惊却不乏
掌控了春天的威严　轩昂气宇

摇篮曲

安睡吧亲爱的
静静的夜晚深沉
小船儿摇呀摇
带你进入梦乡
安睡吧亲爱的
静静的夜晚深沉
小船儿摇呀摇
带你进入梦乡

海水柔和安详
为你轻轻地波动
愿你一路平安
灯塔照明到彼岸

安睡吧亲爱的

静静的夜晚深沉

小船儿摇呀摇

带你进入梦乡

计划一场旅行

从冬天开始
我们计划一场旅行
飞机会在暖和的时辰
离开陆地,穿过一片片云海
将我们带到那片岛屿

此刻
我们在两座不同城市
向往同一处异国风情,碧水环绕
游船停泊港口灯火通明
古街错落有致
精致楼宇彩色纷呈

窗外天空暗白

雨水潇潇而下，打湿无叶树干
我们讨论到一处景点
画面上
晨曦从浓密翠绿竹林缝隙间渗透
静谧然而生机盎然

在那儿，我们会去赏花
爬高高的山，随心所欲自由自在
看捕鱼船只或者跌崖巨浪
跷着腿
在夕阳下慢悠悠品尝佳肴美馔

计划夏日的一场旅行
于是那时的阳光照过来
暖意融融
心在路上，然后从远远旅程归回
有些疲倦但惬然让人微笑
想起本来
我们反复斟酌的
不就是为了在一起度过时光

回味

想着有一天安闲下来
好好走一遍往日时光
在城市中我热爱的街巷
我年轻时奔波的地方
从拥挤站台的早上
到每一处高楼华灯齐放
和无数的人匆忙而过
在途中经过无数的景象

想着有一天安闲下来
好好走一遍往日时光
在遥望中我曾经的远方
我伤感时流连的地方

从蓝色港湾的启航
到每一处水面笙歌缭绕
和无数的思绪结伴而行
在眼底见证无数的怀想

如果可以牵手过去
我会让那时的自己
放慢再放慢行路的脚步
所有的好日子都会如期而至
你可以从容些走这一回
欣赏万千人生风景

八月,与孩子们相遇

八月,我记得你们
第一次睁开眼睛
从我不知名的神秘远处
叶色深绿的夏季
你们选择特别一日
赶来,与我相遇

用了整整一个春天的酝酿
你们到来
圆我成为母亲的梦
然后在笑声里在哭声中
夹着欢喜带着眼泪
我们一起成长
我们牵着手,一起走路

从此更知
什么叫作无边的爱
什么叫作无悔的付出
什么叫作心地柔软
什么叫作宽容大度
什么叫作最深的挂念
什么叫作最大的幸福

八月，许多庆祝的烟火
在我的天际升起
最璀璨的光耀
是感恩与你们相遇
是我对你们最虔诚的永远祝福

我只在夜里闭上关注的眼睛

当我俯身追踪
纵横交错你描述的行程道路
我可以看见你迎面的山丘
我可以听见你身旁的水流
而我最后关切寻找的
一定是你的笑容

当我仰头想象
穿越时间你经历的前尘后土
我可以感触你沉重的呼吸
我可以抚摸你发烫的额头
而我最后凝神祈祝的
一定是你的幸福

我关注星罗棋布的山水江河
因为你在其中
我关注纷至沓来的世事变迁
因为你在其中
我只在夜里闭上关注的眼睛
亲爱的人儿，因为那时
我可以掌控
我安全护你，在我心中

每一片水面

每一片水面,都可以
在有着蓝天白云的晴朗时分
倒映出天空的倩影
或在微风吹过的地方
泛起层层波纹

昆虫、鸟儿、草木或人们
生命忙碌着生长
它们的灵魂,都可以
自由地飞翔
有些追逐着神谕
有些晃荡在风吹涟漪之上

每一颗心

都可以在那样的时刻
倒映温煦的柔情
如同一片水面
坦白又深邃,波光潋滟

露水滑落树叶的声音

夏日花草可以清香到带有一丝苦味
绿意漫过白色花瓣在枝叶婆娑间流溢
露水滑落时只有一个浅浅的轻声
叶子动或者不动都是最好的回应
月光下飘然降临时无声无息
落入人间将全部生命聚成一颗晶莹
玉洁冰清空灵到不提及生死别离
所有的存在只为天地间一次相遇

披上岁月袈裟任流年洗涤过往
恍如隔世随最后的钟声散作云絮
木鱼敲击时仿佛只有缭绕的梵音
一槌磬声处可以追念超度的生灵

此刻我蜷缩在这里想象着如一滴水
滑落下你的思绪溅出一声轻轻的叹息

青春不回头

不要问我为什么没有重逢
青春不回头美好与缺憾早已经凝固
曾经的恩爱海誓山盟
鲜活灿烂如盛节礼花开放在夜空
青春谢幕,它们
来不及觉悟已成为一场经过

青春不回头只有我们
有时会在不料中蓦然回首
美好和缺憾都有力量让人泪流满面
与命运只能握手言和
心痛也必须庆祝因为这就是结果

走不回的青春

走不出的青春
我们珍爱无比却又渐行渐远
我们渴望召唤却又无缘再见

走不回的青春
走不出的青春
敬拜间也只有祝福，借这温暖的光辉
铺展一路依然神奇的去处

孩子,你是故事的主角

坐在宽屏电视前
我们一起
看关于自然界生命的影片
深海珊瑚礁的秘密
亚马孙热带雨林物种奇异
冰上企鹅集聚着等待父亲
鸟儿们衔着树枝搭建巢居

然后我们屏住呼吸
看一群驯鹿在广袤的草野
全力奔跑逃避狼的猎杀
一只幼崽落了下来
成为镜头追踪的焦点
成为我们担心的悬念主角

直到它拼命不懈向前跳跃
逃出狼近在咫尺的抓攫

我们记住了这场惊险这幅画面
孩子
只是渐渐地你成了故事的主角
在人生的天地里
你前行着追赶父辈们的足迹
命运在后面随风而至
如幼鹿，你唯有狂奔
才能甩掉落后无情的淹没

我终将走到流川的那边
隔水相望你阳光下的起舞
孩子，无论精彩与否
我永远是你最忠实的观众

你将与你亲爱的人儿
建起一幢存下记忆的房子
存下共同观看影片

共同惊叹生命奇迹时
领悟的含义
存下你的欢笑你的眼泪
跋涉过的土地一草一木
生生死死不息的延续

那时,你是否会想起
我曾经常常说过的话语
是否终于明白你从来
是我的生命故事里
你的生命故事里
我们共同的生命故事里
最重要的主角

无风的月亮

不用弓身背着北风
踏出碎琼乱玉转眼便无影无踪
不用在扑朔迷离中行路
千里之后仍是懵懵懂懂
倘若可能
我想和你在月亮上散步

流星飞驰后坠下山谷
黄鹤翩飞后只叹作惊鸿
我们走过留下的足迹
在无风的月亮
在无边的时间
会永远镌刻,直到下一次相逢

当蹉跎岁月散成灰烬
当生命和歌声消失进云中
我知道有一天
无风的月亮
无边的时间
在仰望间怎样成为一种向往
一种活在诗里的寄托

在孤独的时候

在孤独的时候,我在夏日里仰望
百鸟在树林里无拘无束
它们飞过来飞过去没有忧愁
在红尘滚滚千里千年不停地歌唱

在孤独的时候,我穿过萧瑟的秋风
看落叶缤纷在无名的山谷
它们飘过来飘过去扑朔迷离
是缘是劫却原来是一切无影无踪

在孤独的时候,冬雪下万木婆娑
新年钟声缓缓牵来字幕
它们话语里话语外诉说启示
生命是重复的美丽是美丽的重复

在孤独的时候，春天时姹紫嫣红
我破茧成蝶如同一阵轻风
它们吹过来吹过去在初心花园
有着同样的初恋有着不变的祈望

在孤独的时候，我会把过去回想
往日的快乐和旧时的悲伤
它们走过来走过去所有的时光
如同潺潺的溪流不停地在心中流淌

在孤独的时候，想起山水相隔的朋友
曾经的爱情和永远的歌唱啊
它们季节里季节外在一生的路上
向我招手我看见了那时的太阳和月亮

在孤独的时候，我会安静地坐下
回到过去一段温馨时光
仍然有许多美丽许多景象

在过去、在身边、在远方
在我孤独时的地方

推迟的道别

过去再精心守着
也是不知不觉积满尘埃
旧知的字迹
故友的车马来去
许多珍藏的瞬间如别致书签
静静卧于遥远旅途中
陪伴过的书籍

一次次搬迁
最仓促时有时倏然停止
被历史赶上击中
被潮汐涌来
漫过,温暖着时辰
总有往昔不忍丢弃

走过山走过水一路相随
直到
最后道别离去

我们最多也只能
推迟道别
只因梦无法延续
只因
一个在海角
一个在天涯
一个是无穷苍宇
一个是片刻光影
一切终将在不舍中剥离
甚至，没有一个仪式

忘却是无声的
桂馨香到让人想起
用轻声祝福划破寂静
知道一切所为
沉着或惊慌不已

心怀暖阳或冰寒彻骨
明明白白,我们最多只能
推迟道别的日子

有些路程,只能自己独行

有些路程

只能自己独行

有些时候

只能一人面对风景

在来来去去的道路上

鳞次栉比挤满相遇的标记

而当落霞

映照孤鹜一般飞着的情思

或者你的翅膀

想往九重云外的天际

那时,你只能独自走在

无人的路径

所有的浮尘
在无声无息中消散
玲珑剔透的人生
成为一片清月光辉
照在秋水
和秋水上连向永恒的瘦桥

有些悟觉
只能自己沉吟
有些路程
只能独自一人
迈过芸芸众生
迈过苍苍世界
牵着自己的手
安静地探索前行……

每一天都将成为过去

每一天都将成为过去
无所事事或者忙碌不已
随便打发走没有标记的日子聚拢后
会成为巨兽追杀剩余的生命

逃避被赶上吞噬的命运
于是我夜以继日奔跑
躲闪着似曾熟悉的岔道
途中问候新世界男女老少
经历狂风骤雨洗刷
来到这方世界天地辽阔
月是新月日是新出
照着依旧不变一个人的孤独
泥泞路上跋涉时

父辈足迹野火烧尽无处可寻
我依稀记得英雄们的传说
他们饱受苦难他们从不屈服

过去在背后
不舍追捕，风一般呼啸
我想越过这座山
在山后清泉的水畔歇脚
掬一捧凉爽的水
洗去一路尘土卸下一世疲惫
如果过去跑得太快
此刻赶超过我
我除了认命　似乎别无选择
一切都是不堪重负的预料

如果我不得不被过去巨兽
在原野里追上缠绕
我会为奔跑的每一天致敬
作为一个努力的斗士
我同时会坚持　保留我的自豪

心口那扇窗户

狂风暴雨雷闪霹雳
还会持续肆虐这个季节
被围困的焦虑开始
从潮湿的角落生长开来
攀缘而上布满四壁

我忽然向往白云和蓝天
想象阳光一望无际
在宽阔海滩上悠然漫步
踩着细沙的心情

门被风雨紧锁着我试图
逃脱,用一本书
在灯下相伴一起寻索

心口那扇窗户

一首叫作夏日轻风的音乐
飘过来，时远时近
我想起棕榈树
想起青草地清新圆露
在晨光熹微里闪烁
那个世界浸没在平和之中

我可以走进那里
只要我找到那扇小小窗户
然后聪慧地
伸出双手，打开它

我该怎样诉说这份世缘

告诉你多少年后
你会读懂我现在的心思,现在的预言
那时是否会太晚可今日红尘滚滚
我又如何用手擦净你眼前
这满天空的雾霾

唱给你相遇后一生的动情歌曲
在山里在水里
在远去时的挂念迷茫时的相牵
交上我今世的自由,随着你
扬帆起航
然后不得不在岁月中搁浅

我该怎样诉说这份世缘

我知道归宿并不遥远
浪迹天涯终要回家
我知道爱情并不总是可以挑选
有些是天意只能说命中注定
我该怎样接受你的冷漠
尽管我预知终有一天你落泪衰颜
两条溪流交汇时，我的爱
你是我的我是你的
我们生来实际就是彼此的记念

第一片落叶

夏日的天空青白
暴雨伴着雷鸣倾泻而下
闪电划过眼前
使猛烈的印象更加深刻

淌过急水越过荷花残韵
第一片秋天落叶
萧然,停落在门前
如一页老旧的暗黄信笺
从不知名的远处
卷着紧促风声抵达
等待我的签收

一叶便已知秋

原本响亮的惊雷
此时也不过是强弩之末
留不住的季节
循着既定不变的惯性
在不觉中已转过身去
而沉浸其中者
不料,已变成不速之客

第一片落叶,是秋天
让你离开华夏时辰的驱逐令箭
放逐你去清冷世界
看叶子终将剥落殆尽
阳光越来越疲惫
日子越来越冷
直到满目冰天雪地

你只有披上过去所有的温暖
拥抱自己,守着孤寂
想着爱,等着春天回来……

美丽的记忆

也只有记忆可以
将一段朱唇皓齿纯真甜美
一份天地间潇洒无羁
和那时年轻的风
简陋脚踏车上的长发笑语
周末舞厅里满满荷尔蒙的空气
以及夏夜下蝉虫不住的鸣吟
凝固成树脂化石里不变的美丽

也只在心中的圣坛
将一处钟灵毓秀青春风景
生命里至深不渝的情爱
和那时荷塘的雨
圆明园耸立的石门奇趣

礼堂前草地上金黄色阳光的气息
以及四月里绿原新蕊的清新
保留成透明琥珀里叶脉明晰的记忆

回不去的年纪
不复琼闺绣阁的纯情
秋天成熟了果实
许多人开始喟叹落叶的来去

实际我们
依然可以为每一道闪电惊喜
依然可以看明日有春风十里
是的，明天也将过去
但我们永远来得及说一句
愿岁月温柔待你
余音袅袅　前头再回首依然是
有记忆　总是如此美丽

催眠曲

曾经在那段催眠音乐中
辗转无眠
无意中再次播放
泪水忽然溢满横流

我想抱住过去
苍白无力的自己
说放下吧
放下一切重负
学会解脱、从容

跌落下来
褪去各种装饰
我们微不足道　只是

一粒尘土

白天里喘息
而黑夜中,亲爱的
就让这首催眠曲
轻柔安抚着
随灵魂飘向渺渺星空

因为还有梦想

被梦想选择
或选择了梦想
自由就变成了望着金字塔
步行，或者飞翔

长夜寂寥的时辰
用黑色眼睛
读着一个又一个倒下
祭奠在路上的生命

有些人将自己成为供品
献上身体和灵魂
走向神坛
走出快乐和忧郁

有些人离去,因为
梦想的背面是悬崖峭壁
夕阳照着太多的安静
他们从巅峰踏过
耳边萦绕跌落的声音

又一个白天
新一轮太阳,我们
仍在路上
与幸福和痛苦结伴而行
无法达到也不必忧伤
因为我们
至少还有一个梦想

夜空下的城堡

慢慢抹去长空落日玫瑰红霞
点亮所有的灯火,粉色紫罗兰色
玛瑙绿色通透白色错落有致
再将熠熠发光一片片灵动思想
向辽远的天穹自由抛洒
你看,这么随心所欲
你就可以构造呈现出繁星点点
夜空下的城堡

你让穿着鲜红色曳地长裙的女子
在威斯敏斯特钟声响起时
从玉色廊柱间翩翩穿行而过
你让某一个房间堆满暖意
用金色的记忆一层又一层裹着礼品

准备着让时光变得闪闪发亮

并且在城堡之间空旷的草地
种许多高大常青的松树
树上挂满彩色许愿
当你背靠着它们心思简朴
微笑，望向前方
望向夜空深邃的眼
你会看见怜爱和祝福

这是你的城堡
而每个人的城堡在夜空下
神秘矗立，绵延起伏

Forever

没有人 Forever Young
但 Forever 有年轻生命肆意飞扬
21 岁的时空短暂开放
然后渐渐变成
差不多所有人梦回的地方

用一个数字留住你
从期盼到回望转身的广场
年末圣诞树缀满岁月痕迹
那些亲切的人们
他们的名字和笑容依然在红绿之间
熠熠闪烁金色光芒

很多很多年之后

我从高高静空俯视尘土
Forever
会有今天同样的悯惜和眷恋
被命运垂青或抛弃
同样，逃不过欢喜和悲伤

第三辑

千年一瞬间

千年彷徨
原来只为这一瞬的心动
唱断古泉
原来只为这一句问候
风摇花落
原来只是一种忧愁
一生一世
原来只为你一人白头

我不悔不悟
在渐次分明的预言之中
你微笑不语
温柔飘浮在我梦中

天涯流浪
原来是走在一条归途
山水荆丛
原来只是一次等候
千年彷徨
原来只为这一瞬的心动
一生一世
原来只为了一篇情书……

所有的过去都留下了痕迹

所有的过去
都留下了痕迹
哪怕是
一次最微妙的心动
一声最缥缈的叹息

所有的痕迹
都写进了记忆
等待着
一次未曾预料的苏醒
一声空谷幽兰的回应

手指翻过书页
不觉间往日轮回

在每一个巷口处与你相会
我在尘世　飘摇
你在凡间　悲喜

眼睛看过春秋
恍惚间旧事依稀
在每一轮圆月下与你相望
我在这里　回首
你在那边　玉立

在无限的时间里
生命一次一次鲜花绽放
在无垠的天空
繁星点点我看见了你的信息
啊，所有的过去
在那儿
都留下了痕迹……

沉默也是一首歌

背朝着大海
你站在黎明前的黑暗里
我知道太阳就会慢慢升起
从海的尽头　照亮云彩翻滚的天际
哦　不要言语　就这样
我们拥抱夏天第一道晨曦
沉默也是一首歌
安静的时候　它会在心里酝酿成曲

心怀着感慨
我们站在离别前的怅然里
我知道未来不会彻底覆盖
从最初的惊喜
直到最后海水一样的叹息

哦　不要忧伤　就这样
我们拥有人生一份美好的记忆
沉默也是一首歌
在孤独的时候　它会在耳畔轻轻响起

有些时候　语言失去了能力
那就沉默　等着天意
等着一首歌的音符　自己
在你和我的心里
溪水一样流淌　飞溅出
爱情的旋律

雪夜

无声无息
雪的语言是在大地铺上
白地毯记载足迹
不上路
我可以让心长出飞翼盘旋
飞上冬树的枝梢
抖下几片
无痕的惆怅

所有这一切
都将湮灭
然后重新生长
雪夜景致一如断片梦境
莞尔一个篇章

便会是净美素装褪下离去
梦醒的早晨

而我们曾经钟爱的目光
也会在那时慢慢分解
或者潜入黑土
成为大地安然的色泽
或者冉冉升起
准备再次于一个冬夜
雪一样静静降临

天空放不下后悔

回归
只为这段与你再遇的美丽
我实际早已离去
从一个冬季的夜晚出发
漫游去遥远没有忧郁的星际
永远别离
是所有生命最后的主题
干净素然灰烬处终要长出玫瑰
而未尽恩缘只能如寒池残荷般枯萎
后悔会成为一种动力,所以
我旅行一次回归

也许太匆匆
这一生　这一次

也许一样的结果
哪怕用尽苍穹的力
无法预料命运设下陷阱或者花丛
天意不可抗拒我全身奉献
也许依然是
在离去时只带走一声叹息

所有的生命
只够做一次努力
所有的期盼
或许只换来一句唏嘘
天空放不下后悔
所以我回来　找你

初恋

初恋
是在有闲的周末的早晨
或者临睡前的安静里
给自己的一个奢侈
懒懒地躺在床上
让悠悠音乐流淌
悠悠似流年逝水
想起你，于是
思绪在云里在雾里飞翔

初恋
是或许微笑或许流泪
当我重新回味飞快地斜视你
和你少年稚嫩的目光

默默交流片刻时
你铭记我的深深却调皮的眼神
我铭记你在一幅画中
那份不可言喻的甜蜜

初恋
是许多许多年以后
在遥远的两地
我接受你梦中轻轻的初吻
人生的这一次唯一
不在当时，不在现在
不在将来
是在梦中一次虚虚实实

初恋
彼此深刻记忆着的秘密
没有重逢，没有重复
一座在青翠葱绿的年华
为生命立下的丰碑
纪念着纯洁的情

抚慰着往后路途的坷坎

是你和我的缘分

经过五千年的修炼

在我的家乡，我们的故土

我们相遇一处时

最美丽的昙花一现

谁的背影

转身离开的时候

是谁的背影走得最快

茉莉花香的夜晚

是谁的心中无限感怀

谁需要谁的安慰

当那寂寞和困难从四面袭来

多年以后再说起过去

那些怀念那些逝去的无奈

假如不是天真稚嫩

足够勇敢表白了爱

也许月下不再是一双背影

拖着流连远远地越分越开

歌声响起的时候

是谁的眼泪流了出来

风吹来你的消息

是谁的问候让人期待

谁追寻谁的脚步

当那野径和繁花在山谷斑斓

多年以后再说起过去

那些怀念那些逝去的无奈

假如不是岁月有情

洗去伤感洗净心海

也许月下不再是一双背影

拖着流连远远地越分越开

谁的背影

谁的背影

花前月下

谁的背影

看过所有风景

看过所有风景　只有你在我心
走过所有路程　只留下你的身影
啊　我曾经
游荡在每一处欢乐
总是在最后　返归于你
看四季变换　春夏秋冬
你在那永远的花季

写过所有诗句　只有你在我情
唱过所有离合　只留下你的旋律
啊　我以为
芳香在每一处天涯
却不料在梦醒时　忘不了你
闯江湖险泊　东西南北

你是我不变的归去

走不出对你的眷恋
啊　亲爱的人儿
你是否还记得　我们以往的爱情
那些梦一样的朝朝夕夕

看过所有风景　只有你在我心
走过所有路程　只留下你的身影

梦中情人

梦中情人生活在诗歌的国度里
直到幸运者和他在梦中相遇

和你相遇是在孩提的年纪
我们一起回家一起踢着砖石小路晃悠
好像从来没有正经牵过手
你和我从来没有谈及过爱情或者禁果

后来的故事出乎意料
你在我的梦中找到一处神奇场所居住
和我一起成长
和我一路走来然后我们停下来
停在不变的青春光景
梦中情人,从此以后你与我

我们只在这个年龄一次一次重逢

梦里没有琴声拨动心弦
却有慌乱袭来一如白日尘世的无奈
每每在退却中跨回灵界
我所有的祈愿是让感应呼唤你
我渴望你忠实地再现

当你的手伸向我
当你的目光接住了我
梦中情人，就这样刹那间
我知道无畏交付一个人彻底的信赖
是怎样一种美妙无比的感觉
在梦中你和我灵魂相通
我们情感温柔我们接受彼此的所有

如果梦可以在那时停住
如果一切美好纯粹如同梦中的我们

一首歌

如果一天里
不住地循环地听着同一首歌
在歌声里沦陷
在琴韵中忘我
让细雨绵绵淋透心底
让柔曲曼妙牵走思绪
枕月休眠时,于是
那天就变成了那首歌

如果一生里
我反反复复想着同一个你
在想念时沉醉
在爱情中欣慰
让千年沉香熏透心扉

让无边温馨拥抱灵魂
作别世界时，是否
我也就变成了你的记忆

有一首历经风雨的歌
有一首穿梭生命的歌
如果我走过阡陌万里
不停地吟唱，我想
我们终究会彼此交融成为
天籁一曲

勿忘我

上帝在忙碌中的最后一刻
听到这一声微弱细小的声音
这幽婉浅浅的蓝色精灵
在说我是一朵花
我是一个生命

于是
它被赋予这样一个
锦瑟丝弦般富蕴张力的名字
勿忘我
于是一年年它不懈地
在相爱着的人们深情的世界
开着永不凋零的记忆

从每一个岁月缝隙

如阳光渗过密叶

它悠悠　衍散来一缕清香

沐着它曼妙香韵将时光唱片

放在心湖之畔

轻轻地摁下一个键

你便沉浸在月一样柔和的音乐中

直到　忘我

七夕艳遇

我是在被先生
揍得扁扁的纸里
展开这场艳遇

牛郎和织女
带着他们的孩子亲密
我和你
我们也会在一起
我们拥有一无所有

九月是一帧镜框
挂在我豪宅的墙上
我的孩子们
八月里,一个一个

都长大了一岁

在八月里的七夕
我会与你相聚
这一份思念
早于我的生命
有一种艳遇
只能活在这纸上这诗里

远方的寂静

门前细碎的红色花蕾
在三月微风中许我一树花开
想来了又去的虹彩
也会重染我烟柳的江南

我看到雪的消息
和零星诗句，挥洒飘在古城旧园
隔着一水的距离
我坐在晨曦听远方寂静

在到达将来的路上
总有一条泛着银色的小溪
那些走过心头的足音
汩汩汇成流动的音韵

实际我不用描述
在安静的时刻,当音乐响起
你眼前出现的
就是生命中春天的景致

断桥

如同那个玉镯
半截在你那儿　残缺
半截在我这里　失落
黄昏中无语的断桥
许多次走过
许多次绵延的思绪
在闪亮时分从天空滑下
坠落成一片无法着墨

那时阳光柔和的光线
与青春一起　弥漫在
我的脸上　你的眼底
日月依旧　江河依旧
可戴着黄发夹的红衣少女啊

她早已配着琴剑
在遥远的江湖
半世飘零　一路风尘颠簸

只有那同样的笔
可以将一段支零破碎
写成雪窗外美丽风景
却无法跨越的
断桥

月亮离地球最近的一天

月亮离地球最近的一天
我离你最远
伸出手,我触碰到月的边缘
低下头,却感觉不到你的气息

我想把你放下
就在这片荒野　就在这处山丘
我想并排和你躺下
看着你的眼睛,好好说一声再见

爱人啊,你在哪里远游
为什么离去得如此匆匆
月亮渐渐攀过郁郁丛林
远望去只有静穆天空寂寥苍穹

再见时会是下一个轮回

醒来处是不同的世纪春秋

只有这月是一样的月

只有这情是一样的情

只有这份思念

是一样的思念绵绵不绝藕断丝连

同一片海

同一片海
同一个沙滩
我来回徘徊仿佛见
人声依旧,景象依旧
只是这遍布记忆处
没有一行足迹
是我无数次曾经踏过的

就如同烟云过眼
没有一只远去的黄鹤
你可以指着说载了你的旧事

白色浪花冲刷去
所有人经过的深深浅浅

似曾相识，又见海鸥

鸣叫着追逐飞翔

长空云淡

浅浅半月在蓝天安静轻悠

许多缠绵悱恻锦绣心情

随风摇曳，飘散不知去处

远方船只颠簸

海豚时起时没

无边无际的海面阳光闪烁

浩渺广阔绵延起伏

大海，你万古不枯

在这里呼风唤雨

在这里携细沙穿过我们脚底

你可知

有多少深沉的歌

有多少深情的留恋

在波涛之上，在波涛之下

不尽地唱过不绝地流淌

同一片海
浪花冲过足迹
永恒留下平坦的沙滩
同一个世界
岁月走过爱情
永恒留下感恩的回忆……

背叛

每个人都有过背叛
如同秋叶
会从树枝上一片一片
剥离后飘落一般

在清凉冷寂的月下散步
沿着熟悉的小路
走在熟悉的心境
影子时长时短与我同行
然后
随斑驳陆离的思绪
被一句话,收回掌心

来路和去处

其实早已确定
所有尘世的灰烬
是背叛后破碎地伤心

在一个旧岁里读完自己的故事
我只剩初心,如影相随
所谓背叛,不过是应该
滑走的一条鱼
飞过的一片云……

致意相通的灵魂

在暮色深沉的时光
我独自走在街上
踩着落下的秋叶
听着风的呼啸
陌生又熟悉的景象
嘈杂又和谐的音响
生命从每一处缝隙渗出
在我四周纷纷扬扬

我想象着
那些温暖的门窗后面
许多精致的摆放
人们等待下一次机遇
或者放弃一个理想

唱着快乐的小调
或者怀着无限的感伤
命运在每一户人家
无处不在默默登场

万圣狂欢的时候
所有灵魂面面相撞

相逢与别离
幸福与悲怆
细致厚待过的生活
是你披戴的衣装
曾经感动的瞬间
成为点缀你的柔和明亮
甚至眼泪
也会在时间中凝聚成光

所谓美丽
不过是真实地
做个最好的自己

然后我们相逢
在苍茫暮色里发现
我们原来如此
灵魂相通……

最好的时候

一切都在心动之间
那一刻
或是春、夏、秋、冬
或在远、近、前、后
枝叶扶疏处
也许旧燕归巢
也许新雨淋漓
一切,都被倏忽闪念锁住

从来用不着斟酌
触动心弦的
可以是叶上早露
可以是透净长空中
一抹无语的彩虹

或者是你，浮上心头
鲜花一瞬间开满山谷

听得见悬河泻水
为那一刻的感动
顺着灵魂相通的小道
我拾步而上
那时的你，只要转过头来
我们就会相遇在
最好的时候

只为了,不再分离

离开的脚步
曾经如此地仓皇
昨日花朵
在秋风里只有一种归宿
你和我
知道命运在招手
你去南方
我去流浪,去遥远的国度

在遥远的国度
我种植着南方的果树
旧日悲欢
夏夜的星空下,只是一个传说
你和我

我们有过美丽的相逢
你的怅惘
我的感伤,随时光渐渐消融

青春在无名的山谷依然葱绿
流水在经过的土地留下痕迹
岁月里刻着同行的脚步
记住说过只在乎曾经拥有
如果我不去造访你今日的世界
只为了在此生,不再分离

如果我不去造访你今日的世界
只为了在此生
不再经受一次无奈分离之苦

我知道无法追寻你
——致走远的人

你走得太远太远
远过我们谈论过的所有话题
我知道无法追寻
追寻只带来更深的空寂
日子里多出几分秋意
严冬深处也无法如你一般远行
只是渐渐地生命回归大地
白尾鹿又在繁衍林木又是葱绿

一起踏过的山
还在　依旧巍然屹立
一起看过的水
还在　依旧清澈如镜
一起敬仰过的先辈们

不相闻　杳无音讯
一路共行我亲爱的朋友啊
为什么一转身　便是永别不遇

我知道无法追寻你
追寻只带来更深的空寂
你在季节里，又在季节外
你在文章里，又在文章外
你在尘世里，又在尘世外
你在我心里，又在我心外

两个世界　一川之隔
我在烟火璀璨的夏夜长空
隐约看见你的致意
好朋友，那边可好
梦里几度
可是你来安慰我怅然的追忆
我穿着黑衣孤立在水边
在水边你曾经像白云飘逸

我穿黑衣原来已标志出
别离的无奈
摆渡的桨声早已消失
那条船此时已划向黑暗
有些地方无法追寻
那儿是叹息飘逝的去处

美人

美人也是人

也会在倚诗伴乐入睡时

口水横流枕巾

也会在友人聚餐时

不小心满嘴饭粒儿

没咽下去就忍不住接话

哪怕用纤手遮挡一下也好啊　你

怎能如此不顾礼仪

可当她端着时

或当她眯缝着眼

若有所思地望着你

弹着你最柔软的心弦

怀着你最美丽的心事

她是
美人

你无法抗拒
她无法改变
被天意遣派安排好的
你的美人

不让爱情受伤

为了不让爱情受伤
我放手让你飞向远方
没有沉重的诺言牵挂
你只需想着自由地翱翔

如果没有经历后悔
怎能会有心的成长
如果没有遭遇挫折
谁会知道爱的重量

为了不让爱情受伤
我放手让你飞向远方
寄托祝福的愿望与你
再加上我们最好的时光

或者风光无限妖娆
处处美景意气飞扬
或者一路环生险象
行程最后遍体鳞伤

也许那时你选择返航
也许那时我选择，让爱情疗伤
托起你的翅膀
轻轻放在我的肩上
……

错过

错了
就过了

过了
就永无重逢

回望
只见一缕青烟

伸手
握不住细沙或悔悟

那里
堆满深刻的遗忘和乡愁

爱

因为你的迟到,
我尝得一份失望,一份惆怅;
你说你不得不停住脚步,
在赶赴过来的途中英雄一样,
发善心帮着不识的人儿,
从绝望中爬起。

我于是不得不收起失望,停住惆怅,
看看你,
与那人儿牵着手,
慢慢走远,
一直走进夕阳里被晚霞映红。

因为你的顽劣,

我怀着一腔积怨,一腔委屈;
你多年后诉说少年时,
那是你唯一的,
引起我注意你的表达方式,
你为我的突然离去久久忧郁。

我只能茫然无措,
面对如此简单心思,
怎能还有积怨怎能还存委屈?
镜像一时间倒转,
我不能哀叹,
谁让我也是少年?
我们一起朦朦胧胧懵懵懂懂。

被一层一层剥夺走
那些失望,那些惆怅,
那些积怨,那些委屈,
那些对话前,
我不愿直面的心情。

然后我一无所有,
难道说
我剩下的,只有爱?

那片土地

有些土地
我无法踏上
我只能让它们绵延在
我的想象

有些人物
我无法描述
我只能让他们飘浮在
我的心中

有些旧事
听过你的叙说
于是便一次次在别人照片里
发现你的村落

有些日子
蓦然回首
你仿佛继续站在那里
而我，恰巧再次经过

遥远的地方

我曾经努力镇静面对
你飘然离去后沉重的失落
在那遥远的地方
你的灵魂怎样在森林间徜徉
在平凡的世界我们原来想象
可以有很多共同的时光
你怀念过去的辉煌
我呼吸新土的芬芳

如果我们再次相会
我希望是在那遥远的地方
那里布满想象
从未涉足却感觉亲切一如家乡

我会在焦虑的时辰
想起你泰然从容最后的笑容
在那遥远的地方
你的灵魂怎样在渔港间滑翔
在我的记忆中你永远生动
时间可以倒流闭上眼睛
你说着简单理想
我计划着走向远方

如果我们再次相会
我希望是在那遥远的地方

至少

至少我爱过

至少我恨过

至少我哭过

至少我笑过

至少我肆无忌惮大声说话过

至少我毫无畏惧展示自己过

有人揣着矜持

加上一份侥幸

有人端着庄重

加上一缕轻笑

他们用匕首一样的手指

指点白雾蒙蒙迷津

是的,她准会摔落下来

是的,我们等待她注定的败逃

从她幼稚园时清脆吟唱
少年时代埋首书海
等到豆蔻年华的狂妄执着
北国学园里灵魂升华
一手撩起温柔裙裾
一手执马横冲直撞

可以等上五百年吗
我忽然有了怜悯的嘲笑
那些矜持的庄重的人儿
何处留有蛛迹
在我涅槃的灰烬旁
在我飞起的凤凰火烧云层

至少我活过
至少我大度地说
谢谢曾经出现在我的剧本

你，你们

成全了我的丰富

假若可以从头开始

假若可以从头开始
我想落脚在一马平川
那儿没有淡淡春山
锁住我的眉头
那儿没有盈盈秋水
可以让我望穿后沉落
我悠悠在原野徜徉
轻执马鞭，心静如处子之湖

假若可以从头开始
我想选择初见你时繁林遮目
这样不会有影像
刻在眼底垄断着记忆
闭上眼睛

你却走上心头

我会在音乐缭绕的时候

只见秋华,只见纤纤垄上陌路

假若可以从头开始

我想将故事重新搭建

换成两小无猜

换成天真儿童时代

你是男孩儿无忧无虑

我是女孩儿不懂风情

这样就不会有苦涩的怀念

这样就不用说今生擦肩来世拥有

假若可以从头开始

为逃这场没有的缘分

也许最好

我们没有经过同一个世界

也许最好

我们从未有过再度相逢

步履蹒跚在

了无前途的风雨道路

人生若只如初见
我们曾经的百年抱憾
原来是如此完美无缺　假若
一切可以从头开始

防鲨网

爱情中的女子
会变得又傻又可爱
荷尔蒙涌过发际花环
于是时光回旋好似
刚刚离开母亲的关怀

一如以往懵懂的女孩
在世界寻找快乐　在人间
肥沃或贫瘠的土地
播撒着会出芽疯长的现世未来

活着就必须追求
挚友永别前祝福永远欢笑
衷情不可辜负

对于仙女幸福是唯一的去处

暮色里月光下
潮水汹涌拍打白色沙滩
我爱这不朽的喧哗
生命一般不懈
而且深知
总有一道防鲨网
静立于不远处忠诚守护

爱的理由

擦肩处回头
我和你相遇,在匆匆路上
啊 世界太小
最后只够两人惆怅
你总在询问
为什么我念念不忘
有些情缘不问因果
爱的理由在你我之上

相识后相知
我和你流连,看花红蝶黄
啊 世界太大
最后超过两人成长
你永远不解

为什么我痴心盼望
有些遗忘用尽一生
爱的理由无法商量

我爱　因为我的思念飘向你
我爱　因为我的渴望寻找你
爱的理由千千万万
你是我的唯一答案

有些情缘不问因果
你是我爱的理由
有些遗忘用尽一生
你总在我眼前的地方

惩罚

在无眠的长夜
我好像明白
这实际上是一个惩罚
你早早设计好不觉间完成的安排
啜饮甘泉后生命更敏锐地察觉干涸
时间可以如此漫长又短暂让人慌乱
你原来可以如此漫不经心
将人修理成歌女成美人成沧桑皮囊

美人有精细刻画的轮廓
她的丰满她的鲜嫩
你大度赋予她发光的所有一切
她的身心她的渴望她的骄傲
当你停止了对她呼吸

摧毁登场直到终于消灭她残存的矜持
这看起来十足惨烈
有人一生无解只能永远缅怀满眼怅惘

没有你的日子
只有歌女可以呼唤来一些短暂慰藉
你在诗吟歌唱里永恒
在流浪者向往的道路尽头
在幻觉的海市蜃楼
在遥远彼岸鲜花盛开的殿堂

这实际上是一种惩罚
让美丽活着，凋零成她曾经怜悯的皮囊

只为这一刻的美丽

无奈最缤纷最烂漫的时候稍纵即逝
尘缘外记住的是我们封锁凝固年轻的过去
隔开山峦,隔开江河,隔开岁月
忘却一切唯独留下感动自己的瞬息

一生太短只够回望刻骨的爱恋
一刻太长长过美丽相逢今世的缘
千百次呼唤,只为让神灵哭泣
泪洒下成为雨季,我于是可寻得一丝静谧

长夜里凝望繁星
我看到的是它们飞驰错过后的轨迹
从同一处原始点分离
亿万年遥望,亿万年不遇

倘若我再次粉碎用尽所有光华
我唯一的心愿
只是为得到你欣赏这美丽一刻时的叹息

界限

跨过去，便是永远
哈迪斯坐着四匹黑马战车
手持双股叉执掌
有人说极乐有人说深渊
没有人得以回返

大教堂祭奠典礼音乐缓重
在灵柩上方廊柱间回荡
眼泪和笑声只属于这个世界
包括记忆和痛苦
送行人终在默默一处停留

无论多么勇敢
想追随路尽头一个招手

如同追随那北极变幻魔性的光
跃入虚无,可在界限之后
我们曾经听见过谁的诉说

远去的无法牵回
界限那边也许是无边无际
盛得下所有的灵魂
却没有丝毫一幕幕过去的踪影
我们只能在这边
爱恨交加,然后
看繁花绿叶
一片一片慢慢剥离
堆落在界限门口

一字之重

背负着人生
走过不老山谷;
每一次举步
可以读为一篇悠悠诗作
在天地间跌宕起伏。

花谢了　雾去了
梦逝走　云飘散;
曾经的茂密葱郁啊
会在哪里?
过去的山盟海誓啊
又在何方?

我会是那唯一的行者

执着坚持不悔不悟？

即便是天才也无从解脱
造化塑造时
疏忽忘掉一字；
情何以堪　于是你只能不停地
承负着重担寻觅
歌唱着直到永远？

平凡的爱情

知道无法永垂不朽
我们终将面对一系列分崩离析
最后会如冰雪融入大地
无影无踪

但在冬日里亲密的早晨
我们仍然可以一起拥抱时光
过去的，将来的
看记忆和展望一瓣瓣碎片
在透过窗口的阳光里飞来飞去

每一个即将到来的日子新得发亮
又带着一种温暖的陈旧
每一个即将发生的故事令人神往

又带着一丝熟悉的味道
你和我,我们预计着
在每一个目的地牵着手相随同行

情人节玫瑰开得如火如荼
平凡世界里,永恒是奢望
关于爱情,我想
千回百转的眷恋,感天动地的追寻
最完美的结局不正是一世相守?
早晨不紧不慢醒来
面对相识相知平静的笑容

我愿意

我愿意
与你同醉　在这份人生
我愿意
执子之手　在这段征程
春天里播种
夏天里满世界歌声
秋收之后　冬天里
共同庆祝不朽的青春

我愿意
与你同行　在每个早晨
我愿意
和你爱恋　在每个黄昏
高山上攀登

平原上　纵情驰骋
黄河长江　湖海上
共同仰望灿烂的星辰

我愿意
与你同醉　在这份人生
我愿意
和你共舞　在这个青春

我愿意，我愿意，我愿意
……

相约

我想我和死神
曾经见面打过招呼
他安详又平静
墨色中蕴含着深厚

没有人逃脱
他的掌控
大地、天空、海洋
时辰到时飘然一句魔咒

他轻轻推我
重回红尘的纤路
如果我听懂了他的唇语
他约我,在百岁之后

走在回家的路上

感觉到秋天凉意越来越深
伴着一丝倦怠
我,走在回家的路上

几多劳作　点滴荣华
在身后随风飘过
留不住云雾只捡几片红叶
静放于厚厚书页之中

用家的意念包裹起自己
抬眼处
我看见万户灯火
天上人间周而复始
处处是烟火生命此起彼落

我的外婆,疼爱过我
在我远游时询问我的去处
我想象她端坐在桌前
和我所有的亲人一起
在灯光下,在家里,等我

想念他们的时候越来越多
尤其当孤独在秋天的风中……

走在回家的路上
我将一段段温暖和感悟写成诗句
准备在家门口面朝来路
一撒手
让诗,让纪念,如霜染红叶
在岁月之外漂泊

在你的站口停留

火车在既定的轨道上
驰向终点
田野与山岳连绵不断依次掠过
直到
在你的站口停留
人来人往间我收获与你相逢

轨道在蓝色的骊歌里
伸向远处
从你的世界走过
我们说
啊,这只是一场小小的邂逅

无法相随　只是相逢

汽笛长鸣中潇洒地挥手

明天的星辰下多了一个闪念

笑靥春风飞扬

伴在尘尽缘断　那一刻，那一处

分离　未必摧残牢记

无憾　所以堪称完美

我伸出双手　接住岁月赠予的印记

许多美丽时分　原来

是凝固住用来保护一颗心

保护住一份柔软与眷念

每当想起那时　在你的站口停留

夕阳正好

哪场欢聚终结的时候
没有一丝落寞
从潜伏的垂叶间渗出
嵌缀眉梢

除非夕阳正好
你在这片柔和的光中清晰看见
那些曾经的笑靥,如花
在眼前一瓣一瓣开放

有些时间飞驰而去后
了无痕迹
有些白驹踏过时掀起金色云彩
沉淀于心化作怡人的欣慰

而此刻你望向前方，知道
顺着夕阳走到
安静下来的绿池水畔
有素雅槐树清香阵阵袭来

等待风轻云淡的一天

总是想把某天
变成一个特别的日子
用手描着数字
青春像风一样扑面迎来

伸出双臂便可重逢
开启思念就可再见
繁星在天空蓝宝石般闪烁
人们如大地精灵
顺着生命树的脉络起舞
相遇,并且同行

准备好足够的耐心
等待风轻云淡

等待

某一天

预言引导目光掠过日期

心颤动一下,告知你

这已是一份忘却不了的记忆

第四辑

杰作

在神的殿堂,
隐约我看见你片刻微笑。
为什么不等我站定歇脚,
我却被推转回头
重上我来时旧路?
我早已疲惫,参悟人间世事
只渴望在你身旁成为永远,
不再天涯不再海角。

当你借我为笔,
将这阳关三叠唱尽;
当你赋我血肉容颜
沐我风情才情和不朽恋情;
亲爱的,

我只见故乡明月落地成霜，
我只是孤帆远影，
被你的手牵引不再海内
远远漂过长江天际……

为什么你选择我？
我无可奈何，只能一如既往
将这人世间的美丽和凄苦
同时演绎。
如果你再度访我，造化
我想轻声问你，
我辜负了你的苦心
我算是你的杰作吗？

那些花儿

那些花儿
它们都到哪里去啦
青春的时光
真的有一双穿越的翅膀?
那就让我们一起飞翔
在四月里飞到远方
自由得如同一阵春风
掠过连绵的山起伏的海洋

那些花儿
它们都到哪里去啦
旧日的朋友
真的有一处不变的欢场?
那就让我们同时想象

在校园里踏雪寻芳
满眼的过去迎面而来
重逢是歌未语已斐然成章

总有一处山清水秀
让思念和花儿安然坠落
它们在那儿忘却天涯
却让人不住地回望怀想……

长发飘飘的年纪

曾经你说过我长发飘飘清纯美丽
于是我永远留着长发留着这一份记忆
风吹起来飘呀飘如同飞扬的歌曲
在我心中我想象着你在我们青春的年纪

不知道怎样解释我们春天里的相遇
你的手拂过我的长发我记住那一世柔情
雨滴下来一点一点打湿校园的长椅
多少年多少次一遍遍想起我如何可以忘记

长发飘飘的年纪
杨柳婆娑还有青青的草地
紫色的丁香芬芳年轻的心灵
我们曾经拥有无穷无尽

你说过我长发飘飘清纯美丽
我于是永远长发飘逸
为了保留一份青春的记忆
那些你的我的我们美丽的回忆

岁月的衣裳

四月的校园
弥漫着春天的芬芳
宽阔的大道　绮丽的小桥
奔跑跳跃着　年轻的希望
荷池云影旁　流连的晚上
想起那时　想起圆顶的礼堂
回忆过去
我披上一袭淡紫色的衣裳

岁月的长河
载满了四季的印象
花瓣一样漂浮着　不谢的回望
崎岖的山路　江湖的跌宕
锦绣彩虹里　心与心的歌唱

不再热烈　不再风一样飞扬
淡泊宁静
我披上一袭淡紫色的衣裳

回忆过去
我披上一袭淡紫色的衣裳
从浓密的紫荆林中
从遥远的记忆深处
慢慢走在　回家的路上……

沉静

合上书页后午夜风声里
大师们的灵魂光芒
笼罩着
带我走入沉静

一颗心
到底可以承担多少重负
所有的悲壮痛苦
所有的挣扎抗衡到底缘由何处
以天的名义,以地的名义
以创世纪的理论解说罪恶与前途
我看到的是那些人们
在终点,以一种坦然的姿态
迎接自己的宿命

沉静中我叹息　　同时一丝欣慰
轻香般从烟尘暗色
以宗教式的平和静谧
冉冉升起

我不是唯一
那些供奉于圣坛的先人们
他们曾经在同样的泥淖
孤独地踯躅前行
直到与命运相拥最后一息

只有青春回不去

可以回到四月
暖人的风拂面而来
每一个角落生命苏醒
世界从每一处嫣然致意

只有青春回不去
它在特定的时空迎接过你
随手捡来的每一天都是
魔幻一样神奇
自带清朴年华的瑰丽

可以回到旧居
曾经的朋友挥斥方遒
江湖上每一片水面星光四溅

行程中每一处栈台风光旖旎

只有青春回不去
它在永恒的过去注视着你
雀跃或彷徨过的每一步
金子一样发光
都是无法复制的美丽

只有青春回不去
它在远远山的那头
有时
月亮一样升起
带着些许伤感的银色柔光
照耀着你
和那些无处倾诉的回忆

秋凉

秋天太阳升起
感到的却是袭人凉意
肃风在门外迎候
我索性披上冬装
然后淡淡
披上一层冷漠

秋凉了,英雄退出江湖
日色苍白
许多无聊蠢蠢欲动
我必须用诗抚慰心灵
用歌麻醉意识
让眼睛无视荒唐
让耳朵屏蔽嘈杂……

在喧哗中守着一段寂寞

这个冬天注定非常寒冷
我会在炉火旁安静地读书
与自己做伴与时光依偎
知道狂风会肆虐落叶
然后终究
一起被冬季后春天吞没

沉默的声音

沉默也是一种声音
侧耳倾听
有波澜起伏惊涛拍岸
有柔情似水细语呢喃

只是我们无法
将它浓墨重彩后谱成歌
唱到永远

在永远之前
有一处叫作从此忘却
沉默者必须在那儿
道别

最后一次说起
雷鸣电闪
然后随高天淡云
两两飘散
沉默为永无音讯无声无息

读树

在茂密的林间
老树倒下的声音
犹如无人察觉的叹息
不敌鸦啼与阵阵风啸
红枫染透秋天
满目金黄、褐色落叶层层
混着枯了的松针厚厚
铺盖又一度年岁

一个个季节接踵而来
一场场聚散飞扬而去
我站在春夏秋冬的阳光下
极目望去，读树
读树林间的兴衰草木

我见白云苍狗

在雄鹰盘旋苍劲古木之上

我见幼鹿蹒跚

在繁荣丛林里渐渐成长

我见垂柳婆娑

随暖风摇曳成轻舞曼妙

我见细雨绵绵

春蕊俏丽，或者旧叶飘零……

沧海桑田或紫陌红尘

离合悲欢或江湖浅滩

在树的眼中

所有变迁也许只是

一次花开花谢

一季叶盛枝疏

树的世界里

迈过肃杀只需跟随轮回

终究有风清月皎的夜

终究有雾露蒙蒙的晨
天意适时
便让荒芜之中长出新绿

你去过的地方

冰雪喀拉斯
一匹骏马拖着雪橇跃入眼帘
我突然间向往走近
它将驰往的林原深处
冬天里懒懒宅在家里避寒
足不出户耐着寂寞
心和眼光,跟随着照片和音乐
仍然可以旅行很远……

你去过的地方
我想象着风景的模样
你看过的太阳
在我的世界
同样升起　落下

足迹穿过文字迈过光影

经历是你的　也是我的

慢慢地浏览风光

被大自然折服感悟让人彼此相像

你迈过的沙漠

我追逐着驼铃的声响

你经过的溪流

在我的心中

一样蜿蜒　流动

晚霞照在雪岭映进冰河

幸福是你的　也是我的

悠悠地面对时光

千山万水我们归于同一个地方

在你去过的地方

在你流连的远方

你可听见我的歌唱

你可知道我飞起来的遐想

我看着这个世界慢慢旋转

荣誉、金钱、权力、较量
爱情、理想、幸福、悲伤
我看着这个世界
无数生灵在这些字眼间沉浮跌宕

我站在一座又一座凯旋门前
想象着胜利者的歌唱
我来到一座又一座纪念碑旁
从石刻字间寻听最后呐喊的回响

哪怕最伟大的英雄
也无法在时空中停留
曾经纵马驰骋的战场
已一片荒芜也或许成为一座商场

我看着这个世界
万花筒一般慢慢旋转
一些古旧的圣殿衰败倒塌
一些残存的金箔参差剥落

而活着的生命,哪怕最卑微渺小
因为得失,因为挣扎
因为不可预测
依然交替闪着迷离耀眼的光亮

春天

春天
就是当鸟儿在啾鸣时
你看着树枝间它们忙碌的身影
想起待孵的新生命
想起毛茸茸鲜嫩的开始
想到绿色尽染的田园
想到阳光跳跃波漾着的水面
熟悉的音乐从心底
透过你的双眼
温柔地流淌出来
如同你听见母亲召唤时的声音

春天
曾经的梦蝶扑翅在

又一季烂漫的陌地山野

雪峰顶上仍是白色的肃穆

蔚蓝天空下疯长的

是一世的绝色风景

桃红　金黄　洁白　深紫

妩媚妍艳或清雅安静

每一朵花在它的世界

简单又丰富

诠释着生命的终极含义

风开始温暖

冰开始融化

大雁在空中飞回旧地

天鹅在水中划下舞蹈的欣喜

……

期盼或者拒绝

清醒或者犹豫

当歌声响起

你放眼看去
春天，它就在那里

沙尘之恋

不想和你道别
我愿卑微成一粒沙尘
伴在你的脚旁
走很长很长一段人生
爱情是一场梦幻
色彩斑斓无穷变化
我在你的身边
一切都会过去风景还会美丽
我和你风雨兼程

不想关灭这盏灯
我会缓缓诉说一个心声
陪在你的晚上
等黑夜过去后灿烂的早晨

爱心是一壶清茶
灵香缭绕温暖如春
我在你的身边
明天就会到来生命如此美好
我和你心想事成

我是这粒沙尘
我有这份爱恋
我想伴在你的脚旁
和你走永远永远……

记住你,记住我

我记得你一副清朗面容
尽管我忘了到底是因为哪些缘故
人生据说要遇见成千上万朋友
最后一个个成为陌生面孔

在你的记忆里
是否曾经有过我的形影出没
自行车辗过的轨迹
曾是我们晚间自习的道路
周末懒散的阳光下
操场上奔跑过五道口悠然独处
大教室拥挤课堂
除了教师除了课本还有好奇张望

是否有过不期的照面
你记住一个女孩我记住一瞬光彩
校园里青春是主题
说出的话扬起的微笑留下的场景
满是荷尔蒙的气息

寥寥零落照片
描述从黑白胶片到彩色世界的迁徙
回忆是一场温馨花开
香气弥漫
让每一个像素都感染了动感
在四月庆生的日子
哗哗呐喊
提醒我记住你，你记住我

行路人之情

说是无敌无双,更是无畏无惧
揣着天真秀色
浪漫于荷池涟漪;
说是笑傲江湖,更凭人杰地灵
擎起才华宝剑
潇洒在一方净土　熙春园里清华水木

说是想往远方,也是随波逐流
挽着绝伦聪明
在他乡在内港漂游;
说是平步江湖,也是万水千山
借得母校气魄
气定神闲　脚步踏处皆是袅娜景物

说是根深叶茂,却是归思缭绕
有着天下宠爱
花开花谢　也是咏叹无限感慨；
说是天涯诗人,却是一代痴迷
握住无穷心事
写不完的遗憾　道不尽的悔悟

从故土从南方从少女的时代
从何时何地何书何页,
我掘出遭遇这一大字,将我锁定
面对时满是清泪与无奈。

如果我挣脱自己,是否将不再行路
我会在天空中飞翔？
如大雁,终究飞出你的视线,
但留你一次眼底倩影
留一声你也许难忘的轻鸣祝福……

人到中年

人到中年
如季到秋天
有肥美果实垂挂枝头
有淡淡忧伤造访不知来处
成熟的气息随年轮一圈圈扩展
眉间布满智慧、沧桑和尘埃
风云变幻处多了许多平静
塔寺钟响也许无端掀起几多慌乱
感恩的似乎越发坦然
抱怨的似乎遭遇更多艰难
每个人老沉自认清楚看懂众生
有人欣然有人悲观

阳光明媚

我从秋天的山岭看人到中年
退一点看是收获
远一点看如枫叶正红堪为风景
宽一点看是包容
近一些看
是生命
握着一双宽厚温暖的手

节奏

隔着年代里那些不可避免的故事
一些繁忙紧促时大小错落的疏忽
我们努力追赶着彼此的脚步
如同要在同一场舞会同一首乐曲中起舞

没有祝福可以达到世上每个角落
一些辽远的思想鲲鹏展翅后
更多是无数平凡的企求
我们曾经想象过将来的情景
同样宽大的舞台
尽管许多美丽已经变得有些斑驳陈旧

实际上我并不在乎这些暗淡下来的灯火
或者这一段无法一致的节奏

企望着你在终点处　等我
我们一如往昔亲密真诚重聚时
晚霞通红正是好时光笑谈来时的路

坐下来陪伴你

坐下来陪伴你,我的爱
也许我们可以选择
随着槐花的清香
慢慢向上飘起来
到我仰望探索的青瓦蓬莱
到我吟唱不绝的金色云彩
忘却尘埃忘却苦难
直到每一次呼吸平缓
如波塞冬海豚划过的宁静大海

坐下来陪伴你,我的爱
原来我们可以选择
带着青春的记忆
静静从岁月走回来

走过美丽的时光无悔的过去
走到红色的黄昏永恒的未来
想起拥有想起快乐
直到这一声期盼成真
从遥远的曾经返回与我们同在

不要问还有多少蹉跎
还有多少风雨多少无奈
迷茫时靠近这一片温暖
人生也许未必在意
我们是否找到了所有明确答案

你的美人

你的美人
在放学后的教室里
坐在桌子上
两条细腿悠然地
一前一后晃来晃去
你找出种种借口
狡黠地收获她的关注
其他女孩儿围住你
她们翩然而徒劳地和你打着招呼

你的美人
坐在命运的悬崖口
仍是没心没肝坦然地笑着
两条细腿自在地

一前一后晃来晃去
朝下望去
千千层空万万层雾
多少英雄豪杰
从此处坠落直到世界的角落

轮到你无奈捂住双眼
看她高兴时起舞
或许踏空一落千丈？
或许正正落入你伸出的双手？

在巨人中间

我想
即使让人也许气馁,最好仍是
站在巨人堆中
这样至少我们可以
有了仰视的理由
而仰视时
也许我们看得见蔚蓝天空
金色羽翅也许会在那时
恰好落在了我们的肩头

也许我们努力伸出的手
会最终穿越时光
与他们的指尖相碰
在交流的瞬间

贯通彼此灵魂丰盛的感受
秦时的风　唐时的雨
清末的水木　民国的英雄
同一个太阳的光束
照耀不同世纪人们同样的道路

在巨人中间
恐慌　失落　思索　觉悟
时间长了
也许一天忽然发现
我们都有过一模一样的孤独
仰望星空
我们原来是可以托付的朋友

三个世界

有三个世界
都曾让我如此迷恋
岁月载我如精灵
南北东西穿越驰骋
在世界之间飘忽隐现

在最遥远的世界
所有朋友和过去的盛典
所有远方延伸的交点
我留下足迹徘徊
然后依依说声再见

生育我的南方
厚爱我的北国校园

久违的故土布满青春的诗篇
无数次在心底
在最甜美的梦境再度相见

而我挚爱的空谷
幽兰开放的第二世界
有音乐和清泉潺潺
天涯芳草雪径杉木
无人处一样灵仙

走过三个世界
又走回三个世界
世界怜护它的女儿，让她
永远是馨香，在每一处鲜艳

那一片白色的雪花

那一片白色的雪花
带着来自太阳的光华
晶莹剔透如仙灵一般
以六角形的造型
翩然落下
无所谓你的拒绝或者欢迎
它一路舞出
那份独有的潇洒
定格一段美丽和无羁
在天地之间,在短短刹那

当你用手心接住它时
那便是它的永远
永远也就是那么一刻

刚好容下你的欢喜
你欣赏地凝视

那一片白色的雪花
飘呀飘呀
它全部的生涯也许只成就为
你寂寞惆怅或豪情满怀
不觉间飘来的一念

感觉我一生都在等待

感觉我一生都在等待
等待你发现我
弥补我的等待

等待你终于投降
向我下跪
举着爱情的白旗
诉说你同样等待的漫长

最幸福的时候
我会突然间茫然失措
难道我少女时就展开的等待
会忽然间从命运之手滑落

如果说我诚惶诚恐
甚至在成功征服的大道
或许在冥冥中
我预料了一场败局

哪怕我尝试躲过岁月
你也在岁月尽头等我

感觉我一生都在等待
等待我自己的醒悟

撤退

一切在迷乱中已成定局
疯狂在黑暗里战胜理智
前行已变得毫无意义
喧哗已变成一片空洞的寂静
只剩下撤退这唯一的选择
退回空谷,在秋末初冬
我只有一个伤心需要保护
我只要一个冬天悟透春秋

最后的红叶一层一层落入心田
最后的温暖一丝一丝飘离山谷
青鸟已经飞走,主角已经谢幕
只剩下撤退这唯一的道路

我只有一个伤心需要保护
我只要一个冬天悟透春秋

漫步秋天的树林

沙沙踩过松软的落叶
秋天里
我漫步穿过这宽阔的林原
松鼠甩着尾巴树干上忙碌奔跳
白尾鹿迎面相撞谁都是不惊不慌
微风阵阵拂过
听得见鸟儿一声声啼叫缠绵

不再是春季满眼绿意繁茂
阳光从疏枝间穿透下来
如同记忆从时光的缝隙漏出
斑斑点点炫目闪烁
照耀着温暖着秋天的时间
就如同旧日的歌曲

从层层的岁月后响起带来问候
就如同往昔的爱情
在渐渐的凉意下浮上心头慰藉灵魂

穿过秋天
这儿萧萧木落依然风景无限
风中鸟鸣依然是悦耳的和弦
穿过秋天，往前
极目眺望依然有蜿蜒的路线
森林不在意季节变化
它生动地活着
只是在不同季节换上一件件新装

自会有天意等在每人终点

如果我经历背叛
背叛让我看见忠诚
所有虚伪的喧嚣终会沉寂
所有浅薄的掩饰终会消散
只有忠诚闪着圣洁的光
在黑暗中引导灵魂的归返

如果我经历苦难
苦难让我学会感恩
所有的幸福可以在瞬间离去
所有的骄傲可以在顷刻塌陷
只有感恩风雨过后
在旅途上沐人喜乐平和晴天

如果我经历荣耀
荣耀让我理解卑谦
白羽飞天最终也是落入人间
嫦娥奔月最终未必花好月圆
只有卑谦让人沉静
在大地站稳静候风云变幻

迷津桃源跋涉万水千山
兜兜转转半生一梦
梦醒处感悟初时的美好
嗟叹间考量深沉的代价

既然繁复终将明了
既然算计终将摊牌
不如坦白无忌
将自己活成简单通明
我会褪色，不再娇艳
但生命丰盛从来是兴衰俱全
与终极命运握手言和
赢得一派情怀坦荡含笑安然

只需存留真实与简单

只需保留纯净心地

自会有清风吹来陪伴

自会有天意等在每人终点

过客

其实走出的每一步
都是远离过去
其实说出的许多话
都是寻求叛逆
春风化雨时
万千生灵滋润着成长
萧瑟秋风后
注定全部无语凋零
只有冰凉惨白的死亡
在曾经的花园傲然屹立

我来过这里
我荡然无存但爱过梦一样的美丽

其实经过的每一处
都是无法回去
其实忘却的许多事
都是深埋心里
夏天蝉鸣处
满目葱郁宣示着生命
白雪皑皑下
世界更多肃穆安静
如同超凡永恒的死亡
在曾经的家园冉冉升起

我来过这里
我悄然离去但有过梦一样的美丽

千年万年再没有当年
而不朽的世界依然神奇

我来过这里
我满怀爱恋还唱过梦一样的美丽

我是这本打开的书

和一杯绿茶一段音乐一起
如果我有幸陪伴你些许时光
我是这本打开的书
记载众多玫瑰色的期盼
无数梦想曾经新竹般破土
拔节生长,如今它们
花边一样镶满流连的地方

在我的手心你会看见
阡陌交错道路纵横夹着飞雪风霜
生命线从希望延伸到希望
爱情线从青春走向青春
每处欢乐的栈居
生命闪着慈祥善意的光亮

一处处伤心蜷缩的场所
雨水淅淅沥沥打湿门窗

一个倔强的少女会时时出现
将久往的过去带到眼前
她会说一切都是因为一个初愿
那时清纯，未曾与失望较量
计划着人生注定要离开家乡去远方
去经历所有书中的惊险
去承受所有传说中的颠簸流浪

让她成为浏览时的向导
只需与她四目相望
你会发现
原来我是这本打开的书
我是如此简单明了坦坦荡荡

回头

我们说过再见
转回头来
也只为最后的招手
然后我依然走出尘烟
走出你永远的视线

那些彼此的眷顾仍旧会
在一次寒霜来临
温暖彻冷的心

不舍的目光
终会锁在曾经的宫殿
倘若心有灵犀
来世里相逢笑问缘由

不因回头只道莫名熟稔

或者因为清纯的诺言
那时万里无云难以忘怀的
一片蓝天

寻找忘却

忘却是个很让人无措的精灵
来时无影无踪,戏弄间一撒手
顿时让一重雾障隔开我们和过去
和背诵良久的精华语录
想象得出它很狡黠的大笑

但忘却不会是朋友
念叨它神奇时想留住它的脚步
你无法召唤只能去寻找
有太多理由让人想往忘却,比如
有些路途太过坎坷
有些跌落回首只剩泪目
有些温柔让人心痛
有些相亲相爱爱到深处终是无果

三一一

有些曾经悲欢交加怨愁密布

如果错过的是一场梦
秋天里为何有那段悲歌
脆弱或骄傲时分
这滚滚没有着落的云层
更需要寻来忘却来来回回涂洗
直到只剩下天高云淡
只用山清水秀通明的岁月
点缀长河落日看红尘
落沉于水底

记住可能在惊鸿一瞥
忘记不知花费几多春秋
寻找忘却时不图相遇
有每每相伴那熟悉的通悟灵感
安抚着忐忑的心
反正一切负担都要卸载，然后
我们准备赤条条纯净如初

梦

闭上眼睛之前
我做了一个小小的祈求
求夜之神
带我在梦中又重回过去

让你像呼吸、像空气一样
很自然地在那时出现
让我们的眼光再度交织
让我不再害羞无措
让我的手有着我们低头错开时
扶着自行车把那双手的力度
让我的额头仍然闪着年轻的光泽
让我有机会
说出少女时美丽的心愿

在梦的屋子里
你在我牵手的距离
没有年代的隔阂
我们老朋友一样熟识
周围人群熙熙攘攘
恍惚不定
仿佛旧黑白电影片的光景
只有你,真切到让人害怕梦醒
你走过来站在我的床边
手指轻轻抚摸我的头
我的长发
感觉到亲人之间的信赖
我倚靠向你

梦醒的时分我开始发怔
想花开花落的声音
想你的微笑
想到底我忘了坦白
想难道原来

这就是我们的缘分
即使在梦中,没有必要
也没有机会诉说

想夜之神,带我重回梦境

清华人，我们永远是朋友

我们，曾经在同一个清华园读书，
我们，曾经在同一片天地下优秀，
我们，曾经在同一条跑道上挥汗，
我们，曾经在同一个荷池旁漫步。

在同一条校训下，我们自强不息，
在同一处大世界，我们厚德载物，
在同一声问候里，我们含笑招手，
清华人，你好，我们永远是朋友！

穿越神奇而壮丽的大峡谷，我们重展雄风，
穿过漫长又短暂的岁月，我们依然亲密如初；
所有美好的过去，都会在相逢时扑面而来，
所有熟悉的歌曲，都会在团聚时悠扬唱出。

你从加州，德州，西雅图，
我从美洲，欧洲，神州；
几十年的风风雨雨，
千万里路的遥遥距离，
只为一次心动，只为一声召唤，
我们可以义无反顾，在同一处在同一刻重新聚集！

可以不同系不同级，
但离开母校时，我们都带着同样的徽记；
可以不同处不同国度，
但在心里在祝福里，我们都怀着同样的情意。

因为这一场年轻时的邂逅，
清华人，
我们在此生，永远忘不了彼此；
因为这一份注定的缘分，
清华人
无论在哪里，我们永远是朋友……

（注：此诗是 2016 年清华部分老体育代表队校友穿越大峡谷后为 Las Vegas 联欢聚会诗朗诵节目而创作。）

无法凋零的花朵

错过,从来不是谁的过错
森林错过海
雨水错过沙漠
或者一场轰轰烈烈的怀想
隔着时空
错过开花的季节时候

承认或者否认
总有一些难过和悔过
固执己见
在莫名的时辰与你对阵

五彩雨后,新苗在荷塘畔成活
郁郁葱葱,是另一段掌故

月牙桥上，故人随落叶飘走
无迹可寻
除非我们指着夜空
循着神话诠释新星闪烁

天长地久不属于我们的掌控
我们全力以赴也不过护住
一段经过
相信一切都是最好的安排
你看那无缘的花朵
不染风尘
寂寞，却也无法凋零

感恩生活

每每于灵感降临时坐下来
我安安静静尝试用笔追踪思绪
人生飘浮感悟万千
捕捉着记忆,重读时光中的自己
一层一层剥落
一段一段徜徉
我走近被爱情被福缘
被岁月重重包裹的温柔心间

霜叶通红的季节回望平凡生涯
我踏踏实实用脚走过风雨云烟
四月的阳春难忘的盛夏
历尽红尘,在爱与恨中修炼陶冶
一首一首歌

一段一段期盼
我穿过冬天冷寂的山谷
牵手被上苍小心呵护的初愿

感恩生活
给我快乐给我痛苦给我动荡和安逸
给我爱情给我背叛给我眼泪和欢喜
给我起伏如歌流年后
一颗虔诚感恩的心

我们走过的地方

我们走过很多地方了
一群人相约爬上青山峰顶
一个人探索异国城楼陌土
一颗又一颗心灵在寂寞中在喧嚣里
挣扎沉沦或者踌躇满志
从暗黑的雨夜到艳阳的晴天
千里迢迢越过无数片绿水白云
在遥远的旅程中慢慢成熟

当远古蓝色冰川劈裂轰然崩塌
河上飘浮着不只是消融的冰块
我们目击时的震撼与叹息也凝聚成形
当长满薰衣草的紫色田野漫延成
整个夏天的期盼与记忆

我们留在那里的爱恋常常渗透岁月返归
惊鸿一瞥间依然清香扑面沁人心脾

甚至我们做的梦
也是攀登过山的倒影徘徊其间树的摇曳
所以
不必攥住行路中醉人的朝霞或晚辉
它们早已经沉淀为我们眼眸里的柔光
不必惋惜途中玫瑰或郁金香的凋零
它们酝酿着并融入了我们成熟的气息

在每一处走过的地方
碧波荡漾的海面金碧辉煌的宫殿
绝望谷底抑或成功之巅
我们大口呼吸我们尽情挥霍
把生命像种子一般扬起来撒播在那里
知道我们终将收获
哀伤或者欢喜
我们的生命终将一点一点　渐渐

变成我们走过的路
我们去过的地方的模样

等待

将日子过成
一段一段等待
在等待中一天一天
与你渐行渐远
在季节末端
我拿出剩下的绢带
环绕这悠长的心事
慢慢扎出一朵凋零的无奈

逝去的岁月
一幕一幕回来
在记忆里一次一次
与你走在未来
在初春时分

我们以为江河同在
只要握住那时的生命
便会有一辈子永远的情怀

在怀念中等待
在等待中怀念
我数着一路太多太多
倔强飘扬的黄色绢带
生命之树啊
请你见证终有一天
我在树下
看见你，向我走来

我们是清华人

从踏进清华园学习的第一天,
我们开始拥有一个特殊的名称:清华人

从手持毕业证书的第一个早晨,
我们肩负起一个庄重的职责:清华人

在人生的道路上披荆斩棘,
我们记着自己光荣的出生:清华人

在遥远的国度欢聚一堂,
我们为母校庆生我们是骄傲的:清华人

(1)清华历史
跨过逾越百年的历史长河,

从气数已尽的清王朝，
到日新月异的二十一世纪，
清华，依然是西山苍苍，东海茫茫，
吾校庄严，岿然中央。

中西交汇，大学鼎立，
忘不了一代代大师们的精诚努力，
梅贻琦、王国维、梁启超、陈寅恪、赵元任……
他们青铜的雕像站在校园的草坪，
汉白玉石上镌刻着传承睿智的教诲。

感叹清华人的坚忍，
在战火中远途跋涉去边陲一隅，
创造出西南联大这薪火不灭的传奇。
又有多少我们的前辈们为国家，
在大西北的荒漠里奉献了所有的青春。

在烟火弥漫的年代，在和平发展的时期，
为民主救亡、为复兴伟业，

清华人英杰辈出，不负众望，
而群星璀璨的文化名人们，
他们智慧灵魂的香气，经久芬芳。

(2) 我们的校园生活
当我们从一个夏末初秋的早晨，
融入学生大军匆匆的脚步，
走进西阶教室，走进主楼，
走进青砖红瓦的清华学堂，
走进绿藤爬墙的图书馆，
清华的精神，便从此进入我们的心底。

踩过二校门后宽阔大道金色的银杏树叶，
春天明媚的阳光下在大礼堂前草坪漫步，
四季来来去去，碎暖时光浅浅，
流连于满园景色，流连于知识海洋，
我们在清华，
度过年轻时最瑰丽美好的时光。

上下铺的兄弟姐妹，热恋过的情侣，

竞争过的对手，抬过杠的同学，
进同一个食堂，考同一张试卷，
在同一个校园，唱同一首歌曲，
几千个日日夜夜我们曾经，
共沐同一个晨光共享同一片夜色。

怎能忘记朱自清笔下的荷塘月色，
怎能忘记闻亭里古钟的深沉，
行胜于言，不只是日晷上四个挺拔大字；
走过白衣飘飘的水木年华，
清芬挺秀，华夏增辉，
已慢慢沉淀为清华人禀赋的气质。

（3）校外人生
天行健，君子以自强不息，
当我们走出校园，
这是融之于血的印记。

地势坤，君子以厚德载物，
当我们面对人生，

这是刻在心头的准则。

漂洋过海,
岁月沧桑依然怀着,
清华园时理想中的诗和远方。

远离母校,
四月里紫荆盛放愿春风带回,
不变的眷恋的和深深的祝福。

结语
多少年过去了,多少路走过了,
经过多少风雨霜冻,看过多少花开花落,
当我们回首,清华依然是闪亮的一幕,
当我们团聚,清华是我们曾经和永远的徽记,

向着过去,
向着未来,
向着朋友,
向着母校

我们大声地自豪地说
我是清华人
我们都是清华人!

（注：此诗为2018年美国首府大华盛顿区域清华校友会清华校庆联欢四人朗诵节目而创作）

深沉

深沉是与一份珍贵永别
时光流转于窗台几重落叶后
渐归平常安宁
不再幻想怎样重逢
怎样推开这道门后笑语如初
永远,想起来让人疲惫
我听着风声我静静看雨水倾泻而下

深沉是自己与自己成为朋友
灯光下香茶做伴悠闲再读春秋
许多绿色的季节金色的桂冠
来了又去了,戴上又摘下
滚滚红尘中,想好了因缘结果

不慌不忙走着选好的路
你知道,深沉是仙女的孤独

这个春天

这个春天
才萌发的花蕾无法开放
那些渴盼中暗淡下去的目光
才变暖的轻风无法抚慰
那些短暂又漫长
最后的哀伤

整个冬季,恐慌以雪崩的形式
浩浩荡荡覆盖尘寰
太多的眼泪淹没心境
太多的无奈缠绕钟点
有些相约隔岸无期
有些再见成为永别
有些警言枉然留在冻土

那么多鲜活灿烂呀，一瞬间
飘逝而去灰飞烟灭

而这个春天
如同亿万年前的春天
如同亿万年后的春天
活着
踩过辉煌或凋零的过去
准时来临

抬头注视天空
只有时间在流淌
每个生命的微笑和叹息
在那儿，溅起水花
然后滚滚东去……

那些飘落的花瓣

总有一些雨中的日子
在百花盛开的季节
沙沙而来
在雨声中我知道
桃花落了
杜鹃花正浓
万种风情的山茱萸
正在春天里姹紫嫣红

关掉最后一盏灯
离开曾经共同的去处
熟悉的孤独
顷刻之间将人淹没
空旷清凉的黑夜

躲不开的
是你走后通彻的寂寞

我将你定格在
这扇窗中
那些飘落的花瓣
那些飞逝的过去
我会将它们一起收拢
然后缤纷撒在
与你再相遇的小路
……

假如我走了

假如我走了
请不要为我哭泣悲伤
我去的地方
是祖先们团聚的广场
不需要仪式不需要介绍
我们彼此早已血肉相知
人生匆匆风雨兼程
尘世本来也只为共同一段风霜

假若我走了
请真诚为我欢欣歌唱
我来的时候
是生命饱满的快乐成长
只在意创造只在意欣赏

我们有限生涯青春飞扬
乾坤有序天意怜人
和你相遇只需要记住曾经的欢畅

长夜会过去
春风会重新唤醒遐想
假如我走了
请不要为我哭泣悲伤
你可以想着美丽
然后听天地间传来的回响

学会告别

没有特定的仪式
说告别
一转眼,他们已成灰烬

预计
死亡是最确定的终点
只有一个真神
在英雄的前方迎接

只能不断舍弃
才可继续,直到
心中波澜无法淹没笑意

有些离去的会在梦中相聚

有些荣耀
经过长夜成为冰与火的歌曲

用一生的成熟
准备着,学会平静些
面对必然,默念将来的告别

后记

  诗集《初夏的玫瑰》收录的是我在美国生活期间陆陆续续写的一些诗。

  前几年收录在清华生活十年创作的诗集《再见雨季》时,我写到年轻学生时的自己尝试用诗追踪很缥缈、很具体的人生。时光荏苒,岁月如梭,太阳每天升起,生活每天继续,无论在国内还是在国外,在学校学习、在职场拼搏、在日常生活、在情感道路,我们的人生有不同阶段但从来没有中断,我们逐渐积累深厚智慧但面对世界仍然充满了未知。于是写诗,继续成为我亲密的朋友。当我为一种神秘的感悟而陶醉,为一次猝然的静穆而困惑,为一份灵魂的交流触发感动,为一支优柔的乐曲泛起思念……

这里的许多诗曾经发表在各个不同平台，感谢许多优秀艺术家朋友（连续、六月雪、阿郎……）和清华校友们朗诵我的诗，也感谢许多才华横溢的朋友用我集子里的诗谱曲和演唱（Peter Gao 谱《等你回来》《青春》等歌曲；胡杨谱《所有的过去都留下了痕迹》等歌曲；马郁聪谱《千年一瞬间》《那些花儿》等歌曲；蒋铁兵谱《看过所有风景》等歌曲；张亮谱《岁月的衣裳》《我愿》等歌曲；白硕谱《谁的背影》《因为爱，学会祈愿》等歌曲；祖溟谱《长发飘飘》等歌曲；金得哲谱《安睡吧亲爱的》等歌曲……）。

　　感谢我先生——清华同学孙宇明为诗集封面题字——初夏的玫瑰。